MW00974428

Cuentos urbanos / selección de Guido L. Tamayo S. ; ilustraciones Jorge
Jorge Alberto Avila. -- Edición Ricardo Rendón López. -- Santafé de
Bogotá : Panamericana Editorial, 1999.
152 p. : il. ; 21 cm. -- (El pozo y el péndulo)
ISBN 958-30-0649-1
1. Cuentos - Colecciones 2. Urbanismo - Cuentos 3. Sociología urbana -
Cuentos I Avila, Jorge Alberto, il. II. Rendón López, Ricardo Andrés, ed.
III. Tamayo S., Guido L., comp. IV. Serie
808.83 cd 19 ed.
AGT 8700

CEP-Biblioteca Luis-Angel Arango

Cuentos
urbanos

Cuentos
urbanos

Selección de Guido L. Tamayo S.

Ilustraciones
Jorge Alberto Ávila

COLECCIÓN
El pozo y el péndulo

PANAMERICANA
EDITORIAL

Editor
Panamericana Editorial Ltda.

Dirección editorial
Alberto Ramírez Santos

Edición
Ricardo Rendón López

Selección de textos y prólogo
Guido L. Tamayo S.

Diseño y diagramación
® Marca Registrada

Ilustraciones
Jorge Alberto Ávila

Para los derechos de autor de cada relato, ver el listado de créditos al final del libro.

For the copyright owners of each story, look for the credit lines in the last page.

Primera edición, Panamericana Editorial Ltda., enero de 2000

© 2000 Panamericana Editorial Ltda.
Calle 12 No. 34-20
Tels.: 3603077 - 2770100
Fax: (57 1) 2373805
Correo electrónico: panaedit@andinet.com
www.panamericanaeditorial.com.co
Santafé de Bogotá, D.C., Colombia

ISBN de la colección 958-30-0647-5
ISBN de este volumen 958-30-0649-1

Impreso por Panamericana Formas e Impresos S.A.
Calle 65 No. 94-72 Tel.: 4302110 — 4300355, Fax: (57 1) 2763008,
Quien sólo actúa como impresor.

Impreso en Colombia   Printed in Colombia

Contenido

Prólogo

La ciudad puede ser perfectamente un tema literario escogido por el interés o la necesidad de un autor determinado. Ahora pululan escritores que se autodenominan o son señalados por alguna "crítica" como escritores urbanos. No obstante, considero que muchos de ellos tan sólo se acercan de manera superficial a ese calificativo y lo hacen equívocamente al pretender referirse a la ciudad a través de una mera nominación de calles, de bares en esas calles, de personajes en esos bares de esas calles como si la descripción más o menos pormenorizada de esas pequeñas geografías nos develara una ciudad en toda su complejidad.

La ciudad, es en sí misma un tema literario. Además es el escenario donde transcurren y han transcurrido miles y miles de historias de hombres y mujeres. La ciudad es la materia prima de los sueños y las pesadillas del hombre moderno, el paisaje en el cual se han formado sentimental e intelectualmente muchas generaciones de narradores en todo el mundo.

Esa condición de escenario ambulante y permanente hace que la ciudad sea casi un imperativo temático o mejor el espacio natural de la imaginación narrativa contemporánea. Por supuesto que existen otros temas y otros imaginarios distintos a los urbanos, pero quiero señalar de forma especial la impresionante presencia de lo citadino en la literatura y en este caso primordialmente en la cuentística universal del presente siglo.

Frente a la pregunta de qué es lo urbano en literatura, habría que contestar que urbano no es necesariamente lo que sucede o acontece dentro de la urbe. Una narración puede ubicarse legítimamente en la ciudad pero estar refiriéndose a una forma de pensar, actuar y expresarse "rural" o ajena al universo comprendido por lo urbano. Esto último, lo urbano, posee sus maneras específicas de manifestarse, sus lenguajes, sus problemáticas singulares, en definitiva un universo particular. En consecuencia se podría afirmar que la narrativa urbana es aquella que trata sobre los temas y los comportamientos que ha generado el desarrollo de lo urbano y siempre a través de unos lenguajes peculiares. Esta definición no pretende ser exhaustiva ni excluyente, pero es útil para delimitar ese universo esquivo y manoseado de lo urbano.

Dentro de ese deseo de expresar la ciudad, que en palabras del escritor español Manuel Vázquez Montalbán, posa para el escritor como una modelo que exige ser traducida en palabras, esta antología reúne un cierto número de relatos que en su conjunto trazan un recorrido por una ciudad conflictiva, amenazadora, espacio por lo general de la inhumanidad, pero al tiempo maravillosa en su complejidad, extraordinariamente diversa y polifónica y siempre ansiosa de ser literatura.

Esta ciudad, construida por tantas voces como escrituras hay en este libro, es una ciudad que oscila entre el blanco y el negro; entre el sueño y la pesadilla; entre lo humano y lo monstruoso. La ciudad que reconocerá el lector al finalizar su lectura será grisácea o sepia y tendrá un inequívoco sabor a desolación. Un definitivo anonimato identificará a sus habitantes. Una marginalidad agria que añora otra vida. Una profunda sensación de haberse equivocado.

Para Robert Walser habrá un sueño ingenuo. Para Bruno Schulz la ciudad será aburrida e inmoral hasta la asfixia. En el caso de Dylan Thomas será una conversación furtiva entre hombres solitarios que recuerdan o inventan su pasado. Para Borges la ciudad será un incipiente espacio de viejas y nuevas venganzas. Arreola vivirá el breve heroísmo de la vida cotidiana. Onetti instaurará el engaño entre seres anónimos y entre tanto, José Balza hará de su personaje una transeúnte ávida de identidad citadina. Cortázar por su parte, nos detendrá en un descomunal "trancón" dentro de una autopista sin tiempo.

Y así unos y otros, lectores y escritores nos extraviaremos con Julio Paredes en una ciudad que es amenaza y protección de manera simultánea. Escritores y lectores nos perderemos en esta antología que como toda ciudad que se respete es imprevisible.

Guido L. Tamayo S.
Santafé de Bogotá, 1999

Extraña
ciudad

ROBERT WALSER

Nació en Berna, Suiza en 1878. Con permanentes problemas económicos y sin un trabajo estable, vivirá en Stuttgart, Zürich, Berlín y Berna. Está considerado como una de las figuras más representativas de la literatura suiza en lengua alemana de este siglo. A partir de 1925 se manifiestan en él los primeros síntomas de su locura: alucinaciones, terrores nocturnos, embriaguez y agresividad. En 1929 ingresa en el manicomio de Waldau. Morirá en Herisau, durante un paseo, el día de Navidad de 1956.

Entre sus obras: *El ayudante, Los hermanos Tanner, Vida de poeta* y *Jakob von Gunten*. El relato "Extraña ciudad" fue tomado del volumen *Vida de poeta*, traducido por Juan José del Solar y publicado por Editorial Alfaguara en 1990.

Érase una vez una ciudad. Sus habitantes eran simples muñecos. Pero hablaban y caminaban, tenían sensibilidad y movimiento y eran muy corteses. No se limitaban a decir «buenos días» o «buenas noches», sino que también lo deseaban, y de todo corazón. Tenía corazón aquella gente. Y eso que era gente de ciudad por los cuatro costados. Suavemente —y a regañadientes, como quien dice— se habían desprendido de su componente rústico y grosero. Su corte de ropa y su comportamiento eran de lo más refinado que un hombre de mundo o un sastre profesional hayan podido imaginar jamás. Nadie llevaba ropa vieja o raída ni excesivamente holgada. El buen gusto había impregnado a cada uno de los habitantes, no existía eso que llaman plebe, todos eran perfectamente iguales en cuanto a modales y educación, sin ser, no obstante, parecidos, lo que sin duda hubiera sido aburrido. En la calle sólo se veía, pues, gente bella y elegante, de noble y desenvuelto porte. La libertad era algo que sabían manipular, dirigir, frenar y conservar con sumo refinamiento. De ahí que nunca se produjeran transgresiones relacionadas con la moral pública. Y menos aún ofensas a las buenas costumbres. Las mujeres, sobre todo, eran estupendas. Su vestimenta era tan fascinante como práctica, tan hermosa como seductora, tan decorosa como atractiva. ¡La moralidad seducía! Por la noche, los jóvenes salían de paseo detrás de esa seducción, lentamente, como soñando, sin caer en movimientos presurosos ni ávidos. Las mujeres iban vestidas con una especie de pantalones, unos pantalones de encaje por lo general blancos o celestes que, por arriba, terminaban en un talle muy ceñido. Los zapatos eran altos y de color, del cuero más fino. ¡Era una delicia ver cómo los botines se ajustaban a los pies y luego a la pierna, y cómo ésta sentía que algo precioso la ceñía y los hombres sentían que la pierna lo sentía! Llevar pantalones ofrecía la ventaja de que las mujeres ponían su espíritu y lenguaje en su forma de andar, que, oculta bajo la falda, se siente menos juzgada y observada. Todo era, en general, un sentir único. Los negocios iban de maravilla, porque la gente era despierta, activa y honesta. Era honesta por educación y buen tipo. Complicarse unos a otros esa hermosa y fácil existencia no les hacía ninguna gracia. Dinero había suficiente y para todos, pues todos eran tan juiciosos que pensaban antes que nada en lo necesario, y todos facilitaban a todos el acceso al buen dinero. Domingos no había, como tampoco una religión por cuyos dogmas pudieran disputarse. Los lugares de esparcimiento eran las iglesias, en las que se reunían para meditar. El placer era para aquella gente una cosa sagrada, profunda. Que permanecían puros en el placer era algo evidente, pues todos tenían la necesidad de hacerlo. Poetas no había. Los poetas no hubieran podido decir nada nuevo ni edificante a gente así. También brillaban por su ausencia los artistas profesionales, pues la habilidad para cualquier tipo

de arte se hallaba ampliamente difundida. Es bueno que los hombres no tengan necesidad de artistas para ser gente artísticamente despierta y talentosa. Y aquellos lo eran, porque habían aprendido a proteger y utilizar sus sentidos como algo precioso. No necesitaban buscar giros lingüísticos en los diccionarios porque ellos mismos poseían una sensibilidad fina, fluida, alerta y vibrante. Hablaban bien dondequiera que tuviesen la oportunidad de hacerlo; dominaban el idioma sin saber cómo habían llegado a hacerlo. Los hombres eran bellos. Su comportamiento correspondíase con su educación. Muchas eran las cosas que se deleitaban y ocupaban, pero todo guardaba relación con el amor por las mujeres guapas. Todo quedaba enmarcado en una relación delicada y ensoñadora. Se hablaba y pensaba con gran sensibilidad sobre cualquier cosa. Los asuntos financieros eran abordados con mayor tacto, nobleza y sencillez que hoy en día. No existían las denominadas cosas sublimes. Imaginarse alguna hubiera sido intolerable para aquella gente, sensible a la belleza del mundo existente. Todo cuanto ocurría, ocurría con intensidad. ¿Sí? ¿De veras? ¡Qué tonto soy! No, no hay nada cierto de aquella ciudad y aquella gente. No existen. Son pura y simple invención. ¡Muévete, muchacho!

Y el muchacho salió a pasear y se sentó en el banco de un parque. Era mediodía. El sol brillaba a través de los árboles y salpicaba a manchas en el camino, en las caras de los paseantes, en los sombreros de las damas, sobre el césped; era un sol muy travieso. Los gorriones retozaban saltarines, y las niñeras empujaban sus cochecitos. Era como un sueño, como un simple juego, como un cuadro. El muchacho apoyó la cabeza en el codo y se integró en el cuadro. Poco después se levantó y se fue. Claro que esto es asunto suyo. Luego vino la lluvia y difuminó la imagen.

La calle de los Cocodrilos

BRUNO SCHULZ

Nacido en Drohobicz, Galitzia, en 1892, adquirió la
nacionalidad polaca en 1918. De familia judía, se dedi-
có algún tiempo a las artes figurativas y a la investiga-
ción gráfica, pero poco a poco fue abandonando la
vocación plástica sustituyéndola por la literatura. Fue
internado en un gheto en 1941, y al año siguiente ase-
sinado por un oficial de la Wehrmacht. Sus cuentos, de
corte mítico–autobiográfico, se caracterizan por un lenguaje hiperbólico y metafórico, así como por su carácter delirante y grotesco. Tradujo al polaco *El proceso* de
Kafka.

Sus obras son: *El Sanatorio con el emblema de la Clep-
sidra, Las tiendas de color canela* y *Cometa*. "La calle de
los cocodrilos" pertenece al volumen *Las tiendas de color
canela,* traducido por Salvador Puig, y publicado por
Editorial Debate en 1991.

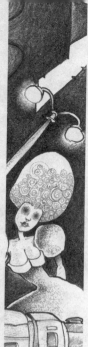

Mi padre conservaba en el cajón inferior de su amplio despacho un hermoso plano antiguo de nuestra ciudad. Era todo un volumen de pergaminos infolio que, unidos por lazos de tela, formaban un inmenso mapa mural que representaba un panorama a vuelo de pájaro.

Ese mapa, pegado a la pared que casi cubría totalmente, hacía aparecer todo el valle del Tysmienica (cuya cinta serpenteaba pálida y dorada), el conjunto de los amplios lagos y ciénagas y los últimos contrafuertes de las montañas cuyos pliegues huían hacia el sur, primero escasos y distantes, después unidos en cadenas cada vez más numerosas, en un damero de colinas redondeadas, más pequeñas y pálidas a medida que se iban acercando al horizonte dorado y brumoso. De esas periferias deslustradas y lejanas se destacaba la ciudad, avanzando hacia la parte delantera del plano. Al principio lo hacía bajo la forma de masas aún indiferenciadas, borrones de casas compactas que eran cortadas por las hondonadas profundas de las calles, pero, más cerca, la ciudad se dividía en distintos inmuebles, trazados con la precisión de objetivos vistos a través de unos anteojos.

En esa parte el grabador había sabido representar la tumultuosa profundidad de calles y callejones, la nitidez de las cornisas, arquivoltas y pilastras brillando en el oro ensombrecido de un fino mediodía que hundía las hornacinas y los recodos en una sombra color sepia. Esos prismas de oscuridad se expandían como rayos de miel por las arterias de la ciudad. Y bañaban con su masa tibia y opulenta aquí la mitad de una calle, allí un espacio entre dos casas, y orquestaban con un triste y romántico claroscuro una polifonía arquitectónica.

En ese plano, dibujado al estilo de los prospectos barrocos, los alrededores de la calle de los Cocodrilos formaban una mancha blanca comparable a la que, en las geografías, señala las regiones polares, los países desconocidos o inexplorados. Sólo algunas calles eran indicadas por trazos negros, con sus nombres señalados mediante una escritura corriente, mientras que las restantes inscripciones se distinguían por la nobleza de sus caracteres góticos. Visiblemente el cartógrafo se había negado a reconocer esa zona como una parte legítima de la ciudad y manifestó su oposición mediante este desenfadado tratamiento.

Para comprender su reserva debemos revelar la particular naturaleza de ese equívoco barrio. Es un distrito comercial e industrial de marcado carácter utilitario. El espíritu del tiempo y los mecanismos económicos no habían perdonado a nuestra ciudad y se habían enraizado en la periferia, donde dieron origen al barrio parásito. Mientras en la antigua ciudad reinaba aún un comercio nocturno, semiclandestino y ceremonioso, aquí, en el nuevo barrio, florecían toda una serie de métodos comerciales sobrios y modernos. Injertado en ese suelo desgastado, un exuberante seudo-norteamericanismo le había dado un estilo soso e incoloro, de una pretenciosa vulgaridad. Allí podían verse los miserables inmuebles con sus caricaturescas fachadas cubiertas de monstruosos adornos de estuco que se iban desmoronando. A las viejas barracas de las afueras se les había añadido a toda prisa pórticos hechos en un dos por tres que si se los miraba de cerca no eran más que una pésima imitación del estilo de moda. Los escaparates sucios y revueltos, donde con reflejos ondulantes se rompía la imagen de la calle, las rugosas maderas de los pórticos, el grisor de los estériles interiores cuyos altos estantes y paredes se cubrían de telarañas y montones de polvo, todo ello daba a esas tierras el sello de un nuevo Klondyke. Uno junto a otro, se alineaban los almacenes, tenderetes de sastres o de confección, depósitos de porcelana, droguerías, peluqueros, etc. Sus grandes escaparates grisáceos llevaban, colocadas oblicuamente o en semicírculo inscripciones en letras doradas o relieve: Confiserie, Manicure, King of England.

Los antiguos habitantes de la ciudad se mantenían alejados de esa zona ocupada por un populacho sin carácter, sin espesor, auténtica chapucería moral, categoría inferior del género humano que únicamente engendran tales medios turbios y efímeros. Pero durante los días de derrota, en los momentos de debilidad, ocurría que algún ciudadano se perdía, como por casualidad, en esa dudosa esfera. Incluso los mejores no escapaban siempre a la tentación de degradarse, de borrar las jerarquías, de hundirse en ese cenagal de fácil promiscuidad. El barrio era un eldorado para tales desertores que habían abdicado de su dignidad. En él todo parecía sospechoso y equívoco; todo, con sus guiños indiscretos, sus gestos cínicos y sus insistentes miradas, excitaba impuras esperanzas, todo desencadenaba los bajos instintos.

Un paseante que no estuviera prevenido percibía difícilmente la extraña particularidad de esos lugares: carecían de colores, como si en la aglomeración mediocre que había crecido rápidamente no se hubieran podido permitir ese lujo. Todo era gris, como en las fotografías en blanco y negro o como en los folletos ilustrados. Esa semejanza superaba la simple metáfora puesto que, por momentos, al pasear por las calles, se tenía realmente la impresión de hojear insípidos folletos en los que se hubieran deslizado, subrepticiamente, sospechosas proposiciones, notas escabrosas, ilustraciones parásitas; y esos paseos demostraban ser tan estériles como los desbordamientos de una imaginación arrastrada a través de las estampas y las columnas de publicaciones pornográficas.

Si, por ejemplo, entrábamos en la tienda de un sastre para encargar un traje de una dudosa elegancia, tan característica de esos lugares, nos encontrábamos en un local amplio y vacío, muy alto e incoloro. Varios pisos de enormes estantes se superponían ocupando toda la altura de la tienda. El andamiaje de tablas que no contenían nada conducía la mirada hacia el techo, que también podría ser un cielo —cielo mediocre y marchito de ese barrio. Por el contrario las restantes habitaciones percibidas a través de la puerta abierta estaban atiborradas de cajas y cartones superpuestos, inmenso fichero que con su enorme altura, bajo el vago firmamento del techo, desembocaba en una geometría del vacío, en una estéril construcción de la nada. La luz del día no entraba por las grises ventanas, recortadas en múltiples cuadrados como si fueran hojas de papel escolar, pues todo el espacio del almacén estaba embebido por una luz macilenta e indiferente que no proyectaba ninguna sombra ni dejaba nada en relieve.

Ahora vemos aparecer a un joven sorprendentemente servicial, esbelto y flexible, dispuesto a satisfacer todos nuestros deseos y a sumergirnos con su fácil elocuencia. Pero mientras va charlando despliega las largas piezas de paño, mide, ajusta los pliegues y reviste la infinita ola que se desliza en sus manos, como la que forma levitas o pantalones imaginarios, manipulaciones que parecen no ser más que una apariencia, una comedia, una máscara irónica colocada sobre el auténtico sentido del hecho.

Las vendedoras, morenas y esbeltas, pero cada una de ellas con una ligera mancha en su belleza (tan característica de ese barrio de fraude), van y vienen o se sitúan en la puerta de la tienda espiando si el asunto en cuestión, confiado a las expertas manos del dependiente, está a punto de concretarse. El joven gesticula y se muestra melindroso, dando por momentos la impresión de ser un travesti. Nos gustaría coger su redondeado mentón o pellizcar sus pálidas y empolvoreadas mejillas cuando, al esbozar una mirada de inteligencia, atrae discretamente nuestra atención hacia la etiqueta de la mercancía, de un transparente simbolismo.

Poco a poco la elección de un traje es relegada a un segundo plano. Ese joven corrompido y casi afeminado, lleno de comprensión hacia los más íntimos caprichos del cliente, coloca ahora frente a él algunas etiquetas muy particulares, toda una biblioteca de marcas registradas, gabinete de un refinado coleccionista. Y de este modo se pone de evidencia que la tienda de confección no era más que una fachada que servía para disimular el depósito de un librero, una colección de impresos de tirada limitada y de escritos totalmente equívocos. El apresurado dependiente muestra las reservas de libros, grabados y fotografías, que llegan hasta el techo. Esas viñetas y esas imágenes superan nuestros más atrevidos sueños: nunca hubiéramos podido presentir tales signos de depravación, una tan refinada desvergüenza.

Las vendedoras pasan y vuelven a pasar, grises, insistentemente entre los libros; sus ya corrompidos rostros tienen ese pigmento brillante y graso típico de las morenas que, agazapado en el fondo de sus ojos, salta a veces con la apresurada carrera de la cucaracha. En las placas de rubor que coloreaban sus pómulos, en las picantes pecas, en los púdicos trazos de su sombrío vello se traslucía la presencia de una sangre negra y ardiente. Los libros que tomaban en sus manos parecían guardar sus manchas: su colorante, excesivamente intenso, teñía el papel y dejaba en el aire una lluvia de manchas de color, un reguero sombrío y aromático, con olor a café, tabaco y setas venenosas.

Sin embargo, la licencia se hizo general. El vendedor, que había agotado sus facultades insistentes, se sumergió paulatinamente en una pasividad femenina. Ahora está recostado en los numerosos sofás colocados entre los montones de libros; un escote femenino entreabre su pijama de seda. Las vendedoras se muestran entre sí las figuras y posiciones de las estampas, otras ya se adormecen en camas provisionales. La presión sobre el cliente se ha relajado. No es importunado y se le permite encerrarse en sí mismo. Las vendedoras, entretenidas en su charla, han dejado de prestarle atención. Vistas de espaldas o de perfil, en una postura arrogante, juegan coquetamente con sus zapatos y hacen ondular sus cuerpos con una ligereza de serpiente, provocando de ese modo, con una indolente irresponsabilidad, al espectador que finge ignorarlas. Así, el huésped se ve atraí-

do, impulsado hacia delante por ese retroceso calculado que debe dejar libre campo a su actividad. Pero aprovechemos ese momento de distracción para escapar de las imprevisibles consecuencias de una inocente visita y salgamos de nuevo a la calle.

Nadie nos retendrá. Por medio de pasillos de libros, entre largos estantes de revistas y publicaciones, logramos abandonar la tienda y nos encontramos en el punto más alto de la calle de los Cocodrilos, desde el que puede divisarse todo el trazado hasta las inacabadas construcciones de la estación. El día es gris, como lo es siempre en estos parajes, y el paisaje recuerda por un momento una fotografía de un periódico ilustrado, debido a que las casas, los vehículos y las personas son planas y carecen de brillo. Esta realidad, delgada como el papel, traiciona mediante todas sus grietas su engañoso carácter. A veces se tiene la impresión de que sólo ese pequeño rincón que se halla frente a nosotros está arreglado para dar la imagen de un arrabal de gran ciudad: por los lados esa improvisada mascarada se descompone e, incapaz de representar su papel hasta el final, se hunde en un montón de cascotes, escombros de un teatro inmenso y vacío que es recorrido por momentos por una gravedad absolutamente tensa y patética.

Estamos muy lejos de querer desenmascarar el espectáculo. Aceptamos con conocimiento de causa quedar burlados por el encanto mezquino de ese barrio. Por otra parte la ciudad no carece de un carácter de autoparodia. Las hileras de barracas de los arrabales alternan con los altos inmuebles que se diría están hechos de cartón, conglomerado de insignias, de ciegas ventanas de despachos, de grisáceos escaparates, de números y anuncios. La multitud se desliza al pie de esas casas. La calle es tan larga como una gran avenida urbana, pero la calzada, al igual que las plazas de los pueblos, está hecha de arcilla prensada, repleta de hierbas inútiles, llena de agujeros y charcos. En ese barrio la circulación sirve de referencia para los habitantes de la ciudad; y hablan orgullosamente de la misma con guiños de entendimiento. La masa sin brillo, anónima, está imbuida totalmente de su papel y despliega todo su celo para crear la ilusión de que se trata de una gran ciudad. Sin embargo, a pesar de su aspecto atareado y práctico, la masa da la impresión de circular, al igual que un somnoliento cortejo, en un vagabundeo monótono y sin objetivo. Toda la escena está impregnada de una curiosa insignificancia. La masa sigue deslizándose en una oleada monótona y, cosa extraña, sólo se percibe la masa en sí, las siluetas se hacen confusas en medio del tumulto, sin llegar nunca a adquirir una total nitidez. Sólo de vez en cuando se puede aislar en ese amontonamiento alguna mirada viva y negra, algún sombrero hongo muy hundido, medio rostro deformado por un rictus, cuyos labios acaban precisamente de abrirse, una pierna que acaba de dar un paso y queda petrificada para siempre en ese gesto.

Una de las particularidades del barrio son los carruajes sin conductor que ruedan solos por las calles, no porque carezcan de cocheros, sino porque éstos, mezclados con la masa y ocupados en mil asuntos, no se preocupan por sus coches. En esta esfera de la apariencia y el gesto vacío, no se tiene mucho interés en precisar el objeto de la carrera y los pasajeros se confían a esos vehículos errantes con la ligereza que se observa aquí por todos lados. En las curvas peligrosas se les entrevé a veces inclinados fuera de los desvencijados vehículos, efectuando con dificultad, con las riendas en la mano, una complicada maniobra.

En el barrio tenemos también tranvías que constituyen el más brillante triunfo para la ambición de los consejeros municipales. Pero el aspecto de esos tranvías de papel maché, con tabiques deformados por el desgaste del tiempo, es penoso. A veces incluso les falta el tabique delantero, de forma que puede verse a los pasajeros sentados, tiesos y en una actitud muy digna. Esos tranvías son impulsados por los mozos municipales. Pero la cosa más sorprendente es el sistema ferroviario de la calle de los Cocodrilos.

A veces, a distintas horas, durante el fin de semana, puede verse una masa que espera el tranvía en una esquina. Ni la llegada ni el lugar en que debe parar son nunca algo seguro, y a veces ocurre que las personas se alinean en dos colas debido a que no pueden extenderse por el emplazamiento de la estación. La gente espera mucho tiempo, formando un grupo sombrío y silencioso, a lo largo de unas vías apenas trazadas: vistos de perfil, sus rostros son como máscaras de papel a los que la expectativa recorta en fantásticas líneas. Finalmente, llega el tranvía. Helo ahí que sale de una callejuela en la que se le esperaba —minúsculo, con las patas bajas, arrastrado por una jadeante locomotora. Ha entrado por ese oscuro pasillo y la calle ennegrece bajo el polvo carbonoso que siembran los vagones. La sombría respiración de la locomotora, un soplo de una extraña gravedad, lleno de tristeza, los empujones y el nerviosismo contenido transforman por un momento la calle en el vestíbulo de una estación cubierto por el breve crepúsculo invernal.

El tráfico de billetes de ferrocarril es, junto con la corrupción, la plaga de nuestra ciudad.

En el último momento, cuando el tren se encuentra ya en la estación, se desarrollan, en un apresurado nerviosismo, conversaciones con los venales empleados de la línea. Antes de que finalicen estas negociaciones el tren se pone en marcha, acompañado por una masa lenta y desencantada que lo sigue un rato antes de dispersarse.

La calle, reducida por un momento a esa estación crepuscular llena del soplo de las lejanas vías, se ilumina y amplía de nuevo, dando paso a la masa despreocupada y monótona de los paseantes que deambula con un indeciso murmullo a lo largo de los escaparates, cuadrados grises y sucios llenos de pacotilla, de grandes maniquíes de cera y de muñecas de peluqueros.

Con sus largos vestidos de puntillas pasan provocativas las prostitutas. Se trata tal vez, por otra parte, de las esposas de los peluqueros o de los músicos de café. Caminan con un paso elástico de bestias voraces y llevan en sus malvados y corrompidos rostros una pequeña tara destructora: sus negros ojos manifiestan un pronunciado estrabismo, tienen la boca desgarrada o les falta la punta de la nariz.

Los ciudadanos están orgullosos de esta emanación de vicio que exhala la calle de los Cocodrilos. No podemos negarnos nada, piensan, satisfechos, podemos ofrecernos el lujo de un auténtico desenfreno. Esos ciudadanos pretenden que cada mujer del barrio es una mujer galante. Basta con considerar a la primera que venga para percibir en ella una mirada insistente, viscosa, que nos hiela con una voluptuosa certidumbre. Incluso las escolares tienen aquí un modo de llevar sus cintas, una forma de adelantar sus esbeltas piernas, una mancha en sus ojos, en la que se inscribe la futura depravación.

Sin embargo... sin embargo, ¿debemos traicionar el último secreto de ese barrio, el misterio cuidadosamente escondido de la calle de los Cocodrilos?

Varias veces, en el curso de esta descripción, hemos hecho algunas advertencias y expresado discretamente nuestras reservas. Así pues, el lector atento no quedará sorprendido por la clave del asunto. Hemos hablado del carácter imitativo del barrio, pero esa expresión tiene un significado demasiado claro para explicitar su esencia intermedia e indecisa.

Nuestro idioma no posee las palabras que permiten dosificar el grado de la realidad y definir la densidad. Digámoslo sin ambages: la fatalidad de ese barrio reside en que nada se lleva a cabo, todos los gestos esbozados quedan en suspenso, se agitan prematuramente y no pueden superar un determinado límite. Hemos tenido ocasión de señalar la exuberancia y la prodigalidad de las intenciones, proyectos y anticipaciones. No era más que una fermentación de deseos, precoz y, por tanto, estéril.

En una atmósfera de excesiva facilidad vemos germinar todos los caprichos y aumentar e hincharse en estériles excrecencias la pasión más pasajera, hierbas malas de la pesadilla, adormideras febriles y descoloreadas. Por todo el barrio flota un olor de pecado disuelto y perezoso, personas, casas y tiendas no parecen a veces más que el temblor de un cuerpo febril, con la carne de gallina, debido a sus sueños. En ninguna otra parte nos sentimos amenazados hasta ese extremo por las posibilidades, totalmente afectados por la cercanía de la realización. Pero todo se acaba ahí.

Una vez superado un cierto grado, el flujo se detiene y retrocede, la atmósfera se empaña, las posibilidades caen de nuevo en la nada, las adormideras grises y enloquecidas por la excitación se convierten en cenizas.

Siempre lamentaremos haber abandonado esa equívoca tienda de confección. Nunca podremos encontrarla de nuevo. Erraremos de un letrero a otro, y equivocándonos siempre. Visitaremos docenas de tiendas muy parecidas a la primera, caminaremos entre dos montones de libros, hojearemos publicaciones, tendremos confusas conversaciones con vendedoras de una piel excesivamente pigmentada y de una belleza imperfecta que no comprenderán nuestros deseos.

Nos enredaremos en interminables discusiones hasta que nuestra fiebre y nuestra excitación se agoten en inútiles esfuerzos, en una vana búsqueda.

Nuestras esperanzas se basaban en un malentendido, la ambigüedad del local y de los empleados no era más que apariencia, la tienda era una auténtica tienda y el dependiente no tenía ninguna secreta intención. En cuanto a las mujeres de la calle de los Cocodrilos, su depravación es de las más mediocres, ahogada bajo espesas capas de prejuicios morales. En esta ciudad de mediocridad no hay lugar ni para los instintos exuberantes ni para las pasiones oscuras e insólitas.

La calle de los Cocodrilos era una concesión de nuestra ciudad al progreso y a la corrupción modernas. Pero, visiblemente, no podíamos pretender más que una imitación de cartón piedra, un fotomontaje hecho con recortes de viejos periódicos ajados.

Tal y como
perros
calle jeros

DYLAN THOMAS

Nació en Swansea (Gales), el 27 de octubre de 1914. Fue redactor del South Wales Evenning Post, y durante la segunda guerra mundial, al ser declarado inútil para el servicio militar, trabajó en los estudios radiofónicos de la B.B.C. de Londres. Su poesía adscrita al movimiento Nueva Apocalipsis, el cual representaba una reacción frente a la generación de Auden, ofrece una gran riqueza de imágenes relacionadas con temas oníricos o metafísicos. Thomas narró sus primeras experiencias literarias en el *Retrato del artista cachorro* (1940), y es también autor del guión cinematográfico *El Doctor y los Demonios* (1953), de la comedia radiofónica *Bajo el Bosque de Leche* (1954) y de la novela inconclusa *Con Distinta Piel* (1955). Otras obras: *Dieciocho Poemas* (1934), *Veinticinco Poemas* (1936), *Mapa de Amor* (1939) y *Defunciones y Nacimientos* (1946). Dylan Thomas murió repentinamente, víctima de una hemorragia cerebral, el 9 de noviembre de 1953, en Nueva York, donde debía entrar en contacto con Igor Stravinski que le había encargado un libreto de ópera. El relato "Tal y como perros callejeros" ("Just like little dogs"), que pertenece al volumen *Portrait of the artist as a young dog*, ha sido traducido para la presente edición por Juliana Borrero.

Parado bajo un arco ferroviario aislado del viento, solitario contemplaba los kilómetros de playas, largas y sucias en la oscuridad creciente, con apenas unos pocos muchachos a la orilla del mar y una o dos parejas presurosas con sus impermeables hinchados como globos, cuando dos hombres jóvenes se unieron a mí como surgidos de la nada, y prendieron fósforos para sus cigarrillos, iluminando sus caras bajo cachuchas escocesas de cuadros abigarrados.

Uno de ellos tenía un rostro placentero; las cejas se inclinaban de manera cómica hacia las sienes, los ojos eran cálidos, marrones, profundos y cándidos, y la boca era gruesa y blanda. El otro hombre tenía nariz de boxeador y un mentón macizo erizado de cerdas bermejas.

Observamos regresar a los muchachos de la mar aceitosa; daban alaridos bajo el puente resonante hasta que sus voces se desvanecieron del todo. En poco tiempo no hubo ni una pareja a la vista; los amantes habían desaparecido entre los montes de arena y se habían tendido allí, en medio de las latas y las botellas rotas del verano ya pasado, con viejos papeles volando a su alrededor y ningún ser en sus cinco sentidos por ahí. Apiñados contra la pared, sus manos profundas en los bolsillos y sus cigarrillos centelleando, me pareció que los extraños miraban fijamente la oscuridad que se espesaba cada vez más sobre las desoladas playas, pero sus ojos podían haber estado cerrados. Un tren siguió su carrera por encima de nosotros, y el arco se sacudió. Sobre la orilla, tras el tren desvanesciente, nubes de humo se unían en el cielo, retazos de alas y cuerpos vacíos de grandes pájaros negros como túneles, para luego dispersarse con languidez; caían cenizas a través de un cedazo en el aire, y la oscuridad húmeda apagaba las chispas antes de llegar a la arena. La noche anterior pequeños espantapájaros se habían agachado y hurgado en el ferrocarril con rápidos movimientos, y un solitario y solemne basuriego había vagado cinco kilómetros por los rieles con un arrugado costal de carbón y un palo de guardaparques con punta de acero. Ahora se cobijaban en sus costales, dormidos en alguna vía muerta, sus cabezas en botes de basura, sus barbas en paja, en camiones de carbón soñando con fogatas, o despreciados incluso por aves de rapiña como cualquier Jack Tieso en una fosa común cerca de la taberna del Callejón Fishguard, donde bebedores de alcohol desnaturalizado danzaban directo hacia los brazos de los policías, y mujeres como bultos de ropa en una piscina esperaban, en zaguanes y huecos de la pared emparamada, a los vampiros o a los bomberos. Ya la noche había caído verdaderamente sobre nosotros. El viento cambió. Una lluvia fina comenzó a caer. La arena misma desapareció. Parados en el nicho combado y ventoso del puente, escuchábamos los sonidos que llegaban desde la ciudad amortiguada, un tren de carga maniobrando, una sirena en los muelles, roncos tranvías en las calles a lo lejos, el ladrido de un perro, sonidos imposibles de ubicar, golpes violentos sobre acero, el distante crujir de la madera, portazos donde no había casas, un motor que tosía como una oveja en una loma.

Los dos hombres jóvenes eran como estatuas fumando, observadores y testigos de gorra gastada y sin corbata al cuello, tallados de la piedra misma del recinto ululante en el que estaban parados junto a mí sin ningún lugar a dónde ir, sin nada que hacer y con toda la lluviosa, casi invernal, noche en frente. Ahuequé la mano en torno a un fósforo para permitirles ver mi cara en una sombra dramática, mis ojos misteriosamente hundidos, quizás, en una asombrosa cara blanca, mis rasgos juveniles salvajes en el súbito parpadeo de la luz, para obligarlos a reflexionar sobre quién sería yo a medida que fumaba mi última colilla y me preguntaba quiénes eran ellos. ¿Por qué el hombre de cara blanda, con sus cejas de demonio manso, se paraba como una figura de piedra con una luciérnaga dentro? Él debería tener una buena muchacha que lo molestara suavemente y lo llevara a llorar al cine, o hijos a quienes balancear en el aire en una cocina en la Calle Rodney. No tenía ningún sentido pararse en silencio durante horas bajo un arco ferroviario en un infierno de noche al final de un mal verano cuando había muchachas esperando, listas para ponerse calientes y cariñosas, en expendios de pescado frito y zaguanes de tiendas y en el café Rabiotti, abierto toda la noche, cuando en la taberna de Bay View, en la esquina, había un fuego encendido y bolos y una chica morena, sensual con ojos de diferente color, cuando los salones de billar estaban abiertos, a excepción del de la Calle Principal, al que no se podía entrar sin camisa y corbata, cuando en los parques cerrados había quioscos de música vacíos y techados, y la cerca era fácil de trepar.

En algún lugar resonó un reloj de iglesia, débilmente desde la noche a mi derecha, pero no conté las campanadas.

El otro joven, a menos de medio metro de mí, debería estar lanzando alaridos con los muchachos, faroleando en los callejones, apoyando codos sobre mostradores, pataneando y armando bronca en Mannesman Hall, o cuchicheando junto a un balde en la esquina de un ring. ¿Por qué estaba allí encorvado junto a un hombre melancólico y mi persona, escuchando nuestra propia respiración, el mar, el viento largando arena por el arco, un perro encadenado y una sirena de niebla y el traqueteo de los tranvías a una docena de calles de distancia, observando un fósforo que se enciende, el rostro fresco de un niño espiando en una sombra, el haz de luz de un faro, el movimiento de una mano hacia un cigarrillo, cuando el pueblo desparramado en la llovizna, los bares y tabernas y cafés, las callejas de maleantes en busca de presa y las arcadas cercanas al paseo marítimo, estaban llenos de amigos y enemigos? Podría estar jugando a las cartas a la luz de una vela en el cobertizo de un aserradero.

Las familias se sentaban a cenar en hileras de casas cortas, las radios estaban encendidas, los pretendientes de las hijas esperaban en las salas. En casas vecinas leían el periódico que usaban de mantel y freían las papas que habían sobrado del almuerzo. Se jugaba a las cartas en las salas de las casas de las lomas. En las casas de las cimas de las lomas las familias recibían a los amigos, y las persianas de las salas no se levantaban del todo. Escuché el mar en un rincón helado de la alegre noche.

De pronto, uno de los extraños dijo, en una voz aguda y clara: «¿Y entonces, qué es lo que estamos haciendo?»

—Estamos parados bajo un maldito arco —dijo el otro.

—Y aguantando frío —dije yo.

—No es el sitio más acogedor —dijo la voz aguda del hombre joven de la cara placentera, ahora invisible—. La verdad es que he conocido mejores hoteles.

—¿Qué me dices de esa noche en el Majestic? —dijo la otra voz.

Hubo un largo silencio.

—¿Usted se para aquí con frecuencia? —dijo el hombre placentero. Parecía tener todavía los registros de su voz infantil.

—No, ésta es mi primera vez aquí —dije—. A veces me paro bajo el puente de Brynmill.

—¿Ha intentado el antiguo muelle?

—Pero, ¿y si llueve?

—Le hablo de pararse debajo del muelle, entre las vigas.

—No, no he estado allí.

—Tom pasa todos los domingos debajo del muelle —dijo amargamente el hombre con cara de perro boxer—. Yo le llevo su cena envuelta en un pedazo de papel.

—Se acerca otro tren —dije. Pasó tronando sobre nosotros, el arco aulló, las ruedas chirrearon en nuestras cabezas, quedamos ensordecidos, cegados por las chispas, aplastados por el peso fulgente y de nuevo nos levantamos, como negros aporreados, en la tumba del arco. Ningún sonido provenía de la ciudad engullida. Los tranvías habían traqueteado hasta la mudez. Una presión del mar escondido restregaba el tizne de los muelles. Sólo tres jóvenes existían.

Uno de ellos dijo: «Es una vida triste, sin hogar».

—¿Entonces no tiene usted casa? —le dije.

—¿Casa? Sí que tengo casa.

—Yo también tengo.

—Y yo vivo cerca al Parque Cwndonkin —dije.

—Ese es otro lugar en el que Tom se sienta en la oscuridad. Dice que escucha los búhos.

—Una vez conocí a un tipo que vivía en el campo, cerca de Bridgend —dijo Tom—; allí había una fábrica de municiones durante la guerra y todos los pájaros se fueron. El tipo que les digo dice que uno siempre puede reconocer a un cuco de Bridgend, porque canta: "¡Cucú! ¡Jodetetú! ¡Cucú!".

—¡Cucú! ¡Jódetetú! ¡Cucú! —dijo el eco del arco.

—¿Y usted qué hace aquí parado debajo del puente? —preguntó Tom—. Se está caliente en casa. Puede correr las cortinas y sentarse junto al fuego, feliz como una lombriz. Puede escuchar a Gracie en la radio esta noche. Nada de salir a vagabundear bajo la luna lunera.

—No quiero estar en casa, no quiero sentarme junto al fuego. No tengo nada que hacer cuando estoy adentro y no quiero acostarme a dormir. Me gusta pasar el tiempo así parado sin nada que hacer, a solas, en la oscuridad —dije.

Y me gustaba, en verdad. Yo era un solitario errante nocturno y un ocupante de esquinas regular. Me gustaba recorrer la ciudad mojada después de la medianoche, cuando las calles estaban desiertas y las luces de las ventanas apagadas, solo y vivo sobre las líneas fluorescentes del tranvía

en la Calle Principal muerta y vacía bajo la luna, descomunalmente triste en las húmedas calles junto a la fantasmal Capilla Ebenezer. Y nunca me sentía más parte del mundo remoto y abrumador, o más lleno de amor y arrogancia y compasión y humildad, no por mí mismo sino por la tierra viviente sobre la cual sufría y por los insensibles sistemas del aire superior, por Marte y Venus y Brazell y Skully, por los hombres de la China y de St. Thomas, por las chicas desdeñosas y las chicas dispuestas, por los soldados y los patanes y los policías y los agudos y sospechosos compradores de libros usados, por las malas y harapientas mujeres que fingían su placer contra la pared del museo por una taza de té, y por las perfectas e inalcanzables mujeres de las revistas de modas, de dos metros de altura, que navegaban a placer en planas y lustrosas vestimentas por entre acero y vidrio y terciopelo. Yo me recostaba contra el muro de una casa abandonada en las zonas residenciales o me paseaba por las habitaciones vacías, me paralizaba el terror en la escalera o me quedaba mirando el mar o nada en especial por entre ventanas hechas pedazos, y las luces se apagaban una por una en las avenidas. O pasaba las horas en una casa en construcción, con el cielo pegado al techo y gatos en escaleras y un viento haciendo temblar los huesos mismos de las habitaciones.

—Usted sí que habla —dije yo—. ¿Por qué no está usted en casa?

—No quiero estar en casa —dijo Tom.

—A mí me da lo mismo —dijo su amigo.

Al encenderse un fósforo sus cabezas se mecieron y extendieron sobre el muro, y figuras de toros alados y trastos se agrandaron y se empequeñecieron. Tom comenzó a contar una historia. Pensé en un nuevo desconocido caminando por la arena más allá del arco y escuchando de repente esa voz aguda por un agujero.

Se me escapó el principio de la historia a medida que pensaba en el hombre sobre la arena escuchando aterrorizado o corriendo como un jugador de fútbol, de un lado a otro entre la oscuridad esquiva hacia las luces de más allá del ferrocarril, y recordé la voz de Tom en medio de una oración.

—...me acerqué a ellas y dije que era una noche encantadora. De encantadora no tenía nada. La playa estaba vacía. Les preguntamos cuáles eran sus nombres y ellas que cuáles eran los nuestros. En ese momento ya caminábamos juntos. Y Walter, este mismo, les empezó a contar de la fiesta del orfeón en el Melba y de lo que ocurría en el vestuario de mujeres. Había que sacar a los tenores arrastrados como si fueran hurones.

—¿Cuáles eran sus nombres? —pregunté.

—Doris y Norma —dijo Walter.

—Así que caminamos por la playa hacia las dunas —dijo Tom—, y Walter estaba con Doris y yo estaba con Norma. Norma trabajaba en una lavandería. No llevábamos caminando y hablando más que unos minutos, lo juro, cuando supe que estaba enamorado de la chica de pies a cabeza, y ni siquiera era la más bonita.

La describió. La vi claramente. El rostro redondo y bonachón, los ojos marrones jocosos, la boca ancha y tibia, el cabello grueso en corte de paje, el cuerpo brusco, las piernas de botella, el amplio trasero, tomaban forma en mi mente a partir de unas pocas palabras surgidas de la historia de Tom, y vi su sólido andar sobre la arena en un vestido de pepas en la lluviosa tarde otoñal con guantes elegantes en sus manos duras, pañuelo de gasa calado en la pulsera de oro de su muñeca y cartera azul marino con monograma y broches externos, una polvera, un billete de bus y un chelín.

—Doris era la bonita —dijo Tom—, elegante y arreglada y filuda como una cuchilla. Yo tenía veintiséis años y nunca me había enamorado, y allí estaba, babeando por Norma en medio de las arenas del Tawe, demasiado asustado para poner un solo dedo sobre sus guantes. Walter ya tenía a Doris abrazada.

Se refugiaron detrás de una duna. La noche se descolgó sobre ellos rapidamente. Walter ejercitaba su galantería con Doris, la abrazaba y besuqueaba, mientras Tom se arrimaba juntico a Norma, ya armado de suficiente valor para tomarle la mano en su guante helado y contarle todos sus secretos. Le contó su edad y en qué trabajaba. Le gustaba quedarse en casa por las noches con un buen libro. A Norma le gustaban los bailes. A él le gustaban también. Norma y Doris eran hermanas. «Nunca lo hubiera pensado —dijo Tom—, eres hermosa, te amo».

Ahora la noche de cuentería bajo el puente dio cabida a la noche de amor entre las dunas. El arco era tan alto como el cielo. Los tenues sonidos de la ciudad se extinguieron. Me tendí junto a Tom como un fisgón entre un arbusto y entorné los ojos para verlo redondear las manos sobre los pechos de Norma. «¡No te atrevas!» Walter y Doris yacían en silencio cerca de ellos. Se hubiera escuchado caer un gancho de nodriza.

—Y lo curioso —dijo Tom—, fue que después de un tiempo todos nos sentamos sobre la arena y nos sonreímos. Y luego, sin decir palabra, todos nos cambiamos de lugar suavemente en la playa oscura. Y me encontré acostado con Doris, y Walter con Norma.

—Pero, ¿por qué cambió si la amaba? —pregunté.

—Nunca entendí por qué —dijo Tom—. Me lo pregunto todas las noches.

—Eso fue en octubre —dijo Walter.

Y Tom continuó: «No volvimos a ver a las chicas hasta julio. Yo no podía ponerle la cara a Norma. Entonces llegaron con dos denuncias de paternidad en contra nuestra, y con Mr. Lewis, el magistrado de ochenta años, que además era sordo como una tapia. Se puso una trompetilla en la oreja y Norma y Doris dieron testimonio. Después nosotros dimos testimonio, y él no podía decidir cuál era de cuál. Al final sacudió la cabeza de un lado a otro, y señalando con su trompetilla, dijo: "¡Tal y como perros callejeros!"»

De repente recordé el frío que hacía. Me froté las manos entumidas. Y yo parado toda la noche en el frío; escuchando, pensé, una historia tan larga e ingrata en la gélida noche de aquel arco polar.

—¿Y entonces qué pasó? —pregunté.

Walter respondió: «Yo me casé con Norma y Tom se casó con Doris. Para entonces teníamos que hacer lo correcto, ¿no? Por eso Tom no va a casa. Nunca vuelve a casa hasta la madrugada. Yo tengo que hacerle compañía. Es mi hermano».

Me tomaría diez minutos correr a casa. Levanté el cuello de mi abrigo y me calé bien el gorro.

—Y lo curioso —dijo Tom—, es que yo amo a Norma y Walter no ama ni a Norma ni a Doris. Hemos traído dos buenos muchachos al mundo. Al mío lo llamo Norman.

Nos dimos la mano.

—Nos vemos —dijo Walter.

—Yo ando siempre por ahí —dijo Tom.

—¡Taluego!

Abandoné el puente, crucé la Terraza Trafalgar y me precipité hacia las calles empinadas.

Historia de Rosendo Juárez

JORGE LUIS BORGES

Nació en Buenos Aires (Argentina) el 24 de agosto de 1899. Viajó con su familia a Europa y se instaló en Ginebra (Suiza) donde cursó el bachillerato. Pasó en 1919 a España y allí entró en contacto con el Movimiento Ultraísta. De regreso a Buenos Aires desarrolló una gran actividad intelectual que se traduce en artículos para diarios y revistas, críticas literarias, libros de poemas, ensayos y cuentos. En 1955 se incorporó a la Academia Argentina de Letras y fue nombrado director de la Biblioteca Nacional, cargo que ocupó hasta 1973. Falleció en Ginebra el 14 de junio de 1986.

Dentro de su vasta producción cabe citar obras narrativas como: *Historia Universal de la Infamia, Ficciones, El Aleph, El Informe de Brodie, El Libro de Arena;* ensayos como *Evaristo Carriego, Historia de la Eternidad, Discusión y Otras Inquisiciones,* y 12 libros de poemas, el último de ellos, *Los Conjurados,* publicado en 1985. La "Historia de Rosendo Juárez" fue tomada del volumen *El informe de Brodie,* publicado por Alianza Editorial/Emecé en 1974.

Serían las once de la noche; yo había entrado en el almacén, que ahora es un bar, en Bolívar y Venezuela. Desde un rincón el hombre me chistó. Algo de autoritario habría en él, porque le hice caso enseguida. Estaba sentado ante una de las mesitas; sentí de un modo inexplicable que hacía mucho tiempo que no se había movido de ahí, ante su copita vacía. No era ni bajo ni alto; parecía un artesano decente, quizá un antiguo hombre de campo. El bigote ralo era gris. Aprensivo a la manera de los porteños, no se había quitado la chalina. Me invitó a que tomara algo con él. Me senté y charlamos. Todo esto sucedió hacia mil novecientos treinta y tantos.

El hombre me dijo:

—Usted no me conoce más que de mentas, pero usted me es conocido, señor. Soy Rosendo Juárez. El finado Paredes le habrá hablado de mí. El viejo tenía sus cosas; le gustaba mentir, no para engañar, sino para divertir a la gente. Ahora que no tenemos nada que hacer, le voy a contar lo que de veras ocurrió aquella noche. La noche que lo mataron al Corralero. Usted, señor, ha puesto el sucedido en una novela, que yo no estoy capacitado para apreciar, pero quiero que sepa la verdad sobre esos infundios.

Hizo una pausa como para ir juntando los recuerdos y prosiguió:

«—A uno le suceden las cosas y uno las va entendiendo con los años. Lo que me pasó aquella noche venía de lejos. Yo me crié en el barrio del Maldonado, más allá de Floresta. Era un zanjón de mala muerte, que por suerte ya lo enturbaron. Yo siempre he sido de opinión que nadie es quién para detener la marcha del progreso. En fin, cada uno nace donde puede. Nunca se me ocurrió averiguar el nombre del padre que me hizo. Clementina Juárez, mi madre, era una mujer muy decente que se ganaba el pan con la plancha. Para mí, era entrerriana u oriental; sea lo que sea, sabía hablar de sus allegados en Concepción del Uruguay. Me crié como los yuyos. Aprendí a vistear con los otros, con un palo tiznado. Todavía no nos había ganado el fútbol, que era cosa de los ingleses.

En el almacén, una noche me empezó a buscar un mozo Garmendial. Yo me hice el sordo, pero el otro, que estaba tomado, insistió. Salimos; ya desde la vereda, medio abrió la puerta del almacén y dijo a la gente:

—Pierdan cuidado, que ya vuelvo enseguida.

Yo me había agenciado un cuchillo; tomamos para el lado del Arroyo, despacio, vigilándonos. Me llevaba unos años; había visteado muchas veces conmigo y yo sentí que iba a achurarme. Yo iba por la derecha del callejón y él iba por la izquierda. Tropezó contra unos cascotes. Fue tropezar

Garmendia y fue venírmele yo encima, casi sin haberlo pensado. Le abrí la cara de un puntazo, nos trabamos, hubo un momento en el que pudo pasar cualquier cosa y al final le di una puñalada, que fue la última. Sólo después sentí que él también me había herido, unas raspaduras. Esa noche aprendí que no es difícil matar a un hombre o que lo maten a uno. El arroyo estaba muy bajo; para ir ganando tiempo, al finado medio lo disimulé atrás de un horno de ladrillos. De puro atolondrado le refalé el anillo que él sabía llevar con un zarzo. Me lo puse, me acomodé el chambergo y volví al almacén. Entré sin apuro y les dije:

—Parece que el que ha vuelto soy yo.

Pedí una caña y es verdad que la precisaba. Fue entonces que alguien me avisó de la mancha de sangre.

Aquella noche me la pasé dando vueltas y vueltas en el catre; no me dormí hasta el alba. A la oración pasaron a buscarme dos vigilantes. Mi madre, pobre la finada, ponía el grito en el cielo. Arriaron conmigo, como si yo fuera un criminal. Dos días y dos noches tuve que aguantarme en el calabozo. Nadie fue a verme, fuera de Luis Irala, un amigo de veras, que le negaron el permiso. Una mañana el comisario me mandó a buscar. Estaba acomodado en la silla; ni me miró y me dijo:

—¿Así es que vos te lo despachaste a Garmendia?

—Si usted lo dice —contesté.

—A mí se me dice señor. Nada de agachadas ni de evasivas. Aquí están las declaraciones de los testigos y el anillo que fue hallado en tu casa. Firmá la confesión de una vez.

Mojó la pluma en el tintero y me la alcanzó.

—Déjeme pensar, señor comisario —atiné a responder.

—Te doy veinticuatro horas para que lo pensés bien, en el calabozo. No te voy a apurar. Si no querés entrar en razón, íte haciendo a la idea de un descansito en la calle Las Heras.

Como es de imaginarse, yo no entendí.

—Si te avenís, te quedan unos días nomás. Después te saco y ya don Nicolás Paredes me ha asegurado que te va a arreglar el asunto.

Los días fueron diez. A las cansadas se acordaron de mí. Firmé lo que querían y uno de los dos vigilantes me acompañó a la calle Cabrera.

Atados al palenque había caballos y en el zaguán y adentro más gente que en el quilombo. Parecía un comité. Don Nicolás, que estaba mateando, al fin me atendió. Sin mayor apuro me dijo que me iba a mandar a Morón, donde estaban preparando las elecciones. Me recomendó al señor Laferrer, que me probaría. La carta se la escribió un mocito de negro, que componía versos, a lo que oí, sobre conventillos y mugre, asuntos que no son del interés de un público ilustrado. Le agradecí el favor y salí. A la vuelta ya no se me pegó el vigilante.

Todo había sido para bien; la Providencia sabe lo que hace. La muerte de Garmendia, que al principio me había resultado un disgusto, ahora me abría un camino. Claro que la autoridad me tenía en un puño. Si yo no le servía al partido, me mandaban adentro, pero yo estaba envalentonado y me tenía fe.

El señor Laferrer me previno que con él yo iba a tener que andar derechito y que podía llegar a guardaespalda. Mi actuación fue la que se esperaba de mí. En Morón y luego

en el barrio, merecí la confianza de mis jefes. La policía y el partido me fueron criando fama de guapo; fui un elemento electoral de valía en atrios de la capital y de la provincia. Las elecciones eran bravas entonces; no fatigaré su atención, señor, con uno que otro hecho de sangre. Nunca los pude ver a los radicales, que siguen viviendo prendidos a las barbas de Alem. No había un alma que no me respetara. Me agencié una mujer, la Lujanera, y un alazán dorado de linda pinta. Durante años me hice el Moreira, que a lo mejor se habrá hecho en su tiempo algún otro gaucho de circo. Me di a los naipes y al ajenjo.

Los viejos hablamos y hablamos, pero ya me estoy acercando a lo que quiero contar. No sé si ya se lo menté a Luis Irala. Un amigo como no hay muchos. Era un hombre ya entrado en años, que nunca le había hecho asco al trabajo, y me había tomado cariño. En la vida había puesto los pies en el comité. Vivía de su oficio de carpintero. No se metía con nadie ni hubiera permitido que nadie se metiera con él. Una mañana vino a verme y me dijo:

—Ya te habrán venido con la historia de que me dejó la Casilda. El que me la quitó es Rufino Aguilera.

Con ese sujeto yo había tenido trato en Morón. Le contesté:

—Sí, lo conozco. Es el menos inmundicia de los Aguilera.

—Inmundicia o no, ahora tendrá que habérselas conmigo.

Me quedé pensando y le dije:

—Nadie le quita nada a nadie. Si la Casilda te ha dejado, es porque lo quiere a Rufino y vos no le importás.

—Y la gente ¿qué va a decir? ¿Qué soy un cobarde?

—Mi consejo es que no te metás en historias por lo que la gente puede decir y por una mujer que ya no te quiere.

—Ella me tiene sin cuidado. Un hombre que piensa cinco minutos seguidos en una mujer no es un hombre sino un marica. La Casilda no tiene corazón. La última noche que pasamos juntos me dijo que yo ya andaba para viejo.

—Te decía la verdad.

—La verdad es lo que duele. El que me está importando ahora es Rufino.

—Andá con cuidado. Yo lo he visto actuar a Rufino en el atrio de Merlo. Es una luz.

—¿Creés que le tengo miedo?

—Ya sé que no le tenés miedo, pero pensalo bien. Una de dos: o lo matás y vas a la sombra, o él te mata y vas a la Chacarita.

—Así será. ¿Vos, qué harías en mi lugar?

—No sé, pero mi vida no es precisamente un ejemplo. Soy un muchacho que, para escurrirle el bulto a la cárcel, se ha hecho un matón de comité.

—Yo no voy a hacerme el matón en ningún comité, voy a cobrar una deuda.

—Entonces ¿vas a jugar tu tranquilidad por un desconocido y por una mujer que ya no querés?

No quiso escucharme y se fue. Al otro día nos llegó la noticia de que lo había provocado a Rufino en un comercio de Morón y que Rufino lo había muerto.

Él fue a morir y lo mataron en buena ley, de hombre a hombre. Yo le había dado mi consejo de amigo, pero me sentía culpable.

Días después del velorio, fui al reñidero. Nunca me habían calentado las riñas, pero aquel domingo me dieron francamente asco. Qué les estará pasando a esos animales, pensé, que se destrozan porque sí.

La noche de mi cuento, la noche del final de mi cuento, me había apalabrado con los muchachos para un baile en lo de la Parda. Tantos años y ahora me vengo a recordar del vestido floreado que llevaba mi compañera. La fiesta fue en el patio. No faltó algún borracho que alborotara, pero yo me encargué de que las cosas anduvieran como Dios manda. No habían dado las doce cuando los forasteros aparecieron. Uno, que le decían el Corralero y que lo mataron a traición esa misma noche, nos pagó a todos unas cosas. Quiso la casualidad que los dos éramos de una misma estampa. Algo andaba tramando; se me acercó y entró a ponderarme. Dijo que era del Norte, donde le había llegado mis mentas. Yo lo dejaba hablar a su modo, pero ya estaba maliciándolo. No le daba descanso a la ginebra, acaso para darse coraje, y al fin me convidó a pelear. Sucedió entonces lo que nadie quiere entender. En ese botarate provocador me vi como en un espejo y me dio vergüenza. No sentí miedo; acaso de haberlo sentido, salgo a pelear. Me quedé como si tal cosa. El otro, con la cara ya muy arrimada a la mía, gritó para que todos lo oyeran:

—Lo que pasa es que no sos más que un cobarde.

—Así será —le dije—. No tengo miedo de pasar por cobarde. Podés agregar, si te halaga, que me has llamado hijo de mala madre y que me he dejado escupir. Ahora ¿estás más tranquilo?

La Lujanera me sacó el cuchillo que yo sabía cargar en la sisa y me lo puso, como fula, en la mano. Para rematarla, me dijo:

—Rosendo, creo que lo estás precisando.

Lo solté y salí sin apuro. La gente me abrió cacha, asombrada. Qué podía importarme lo que pensaran.

Para zafarme de esa vida, me corrí a la República Oriental, donde me puse de carrero. Desde mi vuelta me he afincado aquí. San Telmo ha sido siempre un barrio de orden.»

Una
reputación

Juan José Arreola

Escritor mejicano, nacido en 1918 y en sus propias palabras: "Yo, señores, soy de Zapotlán el Grande. Un pueblo que de tan grande, nos lo hicieron ciudad Guzmán hace cien años. Pero nosotros seguimos siendo tan pueblo que todavía le decimos Zapotlán". Autodidacta, precoz lector, a los doce años descubrió a Baudelaire, a Walt Whitman, Giovanni Papini y Marcel Schwob. Desempeñó más de veinte oficios y empleos diferentes: vendedor ambulante y periodista; mozo de cuerda y cobrador de banco; impresor, comediante y panadero. Su obra narrativa es breve pero incomparable. Entre sus principales libros se encuentran: *Bestiario, Confabulario, Varia Invención, Prosodia* y *La Feria*. El relato "Una reputación" pertenece al volumen *Obra*, publicado por el Fondo de Cultura Económica en 1995.

La cortesía no es mi fuerte. En los autobuses suelo disimular esta carencia con la lectura o el abatimiento. Pero hoy me levanté de mi asiento automáticamente, ante una mujer que estaba de pie, con un vago aspecto de ángel anunciador.

La dama beneficiada por ese rasgo involuntario lo agradeció con palabras tan efusivas, que atrajeron la atención de dos o tres pasajeros. Poco después se desocupó el asiento inmediato, y al ofrecérmelo con leve y significativo ademán, el ángel tuvo un hermoso gesto de alivio. Me senté allí con la esperanza de que viajaríamos sin desazón alguna.

Pero ese día me estaba destinado, misteriosamente. Subió al autobús otra mujer, sin alas aparentes. Una buena ocasión se presentaba para poner las cosas en su sitio; pero no fue aprovechada por mí. Naturalmente, yo podía permanecer sentado, destruyendo así el germen de una falsa reputación. Sin embargo, débil y sintiéndome ya comprometido con mi compañera, me apresuré a levantarme, ofreciendo con reverencia el asiento a la recién llegada. Tal parece que nadie le había hecho en toda su vida un homenaje parecido: llevó las cosas al extremo con sus turbadas palabras de reconocimiento.

Esta vez no fueron ya dos ni tres las personas que aprobaron sonrientes mi cortesía. Por lo menos la mitad del pasaje puso los ojos en mí, como diciendo: «He aquí un caballero». Tuve la idea de abandonar el vehículo, pero la deseché inmediatamente, sometiéndome con honradez a la situación, alimentando la esperanza de que las cosas se detuvieran allí.

Dos calles adelante bajó un pasajero. Desde el otro extremo del autobús, una señora me designó para ocupar el asiento vacío. Lo hizo sólo con una mirada, pero tan imperiosa, que detuvo el ademán de un individuo que se me adelantaba; y tan suave, que yo atravesé el camino con paso vacilante para ocupar en aquel asiento un sitio de honor. Algunos viajeros masculinos que iban de pie sonrieron con desprecio. Yo adiviné su envidia, sus celos, su resentimiento, y me sentí un poco angustiado. Las señoras, en cambio, parecían protegerme con su efusiva aprobación silenciosa.

Una nueva prueba, mucho más importante que las anteriores, me aguardaba en la esquina siguiente: subió al camión una señora con dos niños pequeños. Un angelito en brazos y otro que apenas caminaba. Obedeciendo la orden unánime, me levanté inmediatamente y fui al encuentro de aquel grupo conmovedor. La señora venía complicada con dos o tres paquetes; tuvo que correr media cuadra por lo menos, y no lograba abrir su gran bolso de mano. La ayudé eficazmente en todo lo posible, la desem-

baracé de nenes y envoltorios, gestioné con el chofer la exención de pago para los niños, y la señora quedó instalada finalmente en mi asiento, que la custodia femenina había conservado libre de intrusos. Guardé la manita del niño mayor entre las mías.

Mis compromisos para con el pasaje habían aumentado de manera decisiva. Todos esperaban de mí cualquier cosa. Yo personificaba en aquellos momentos los ideales femeninos de caballerosidad y de protección a los débiles. La responsabilidad oprimía mi cuerpo como una coraza agobiante, y yo echaba de menos una buena tizona en el costado. Porque no dejaban de ocurrírseme cosas graves. Por ejemplo, si un pasajero se propasaba con alguna dama, cosa nada rara en autobuses, yo debía amonestar al agresor y aun entrar en combate con él. En todo caso, las señoras parecían completamente seguras de mis reacciones de Bayardo. Me sentí al borde del drama.

En esto llegamos a la esquina en que debía bajarme. Divisé mi casa como una tierra prometida. Pero no descendí. Incapaz de moverme, la arrancada del autobús me dio una idea de lo que debe ser una aventura trasatlántica. Pude recobrarme rápidamente; yo no podía desertar así como así, defraudando a las que en mí habían depositado su seguridad, confiándome un puesto de mando. Además, debo confesar que me sentí cohibido ante la idea de que mi descenso pusiera en libertad impulsos hasta entonces contenidos. Si por un lado yo tenía asegurada la mayoría femenina, no estaba muy tranquilo acerca de mi reputación entre los hombres. Al bajarme, bien podría estallar a mis espaldas la ovación o la rechifla. Y no quise correr tal riesgo. ¿Y si aprovechando mi ausencia un resentido daba rienda suelta a su bajeza? Decidí quedarme y bajar el último, en la terminal, hasta que todos estuvieran a salvo.

Las señoras fueron bajando una a una en sus esquinas respectivas, con toda felicidad. El chofer ¡santo Dios! Acercaba el vehículo junto a la acera, lo detenía completamente y esperaba a que las damas pusieran sus dos pies en tierra firme. En el último momento, vi en cada rostro un gesto de simpatía, algo así como el esbozo de una despedida cariñosa. La señora de los niños bajó finalmente, auxiliada por mí, no sin regalarme un par de besos infantiles que todavía gravitan en mi corazón, como un remordimiento.

Descendí en una esquina desolada, casi montaraz, sin pompa ni ceremonia. En mi espíritu había grandes reservas de heroísmo sin empleo, mientras el autobús se alejaba vacío de aquella asamblea dispersa y fortuita que consagró mi reputación de caballero.

El posible
Baldi

JUAN CARLOS ONETTI

Escritor uruguayo, nacido en Montevideo (1909), y muerto en Madrid (1994). Uno de los grandes narradores de este siglo, fue Premio Cervantes de Literatura en 1980. Trabajó como periodista en Montevideo y Buenos Aires, residiendo alternativamente en las dos ciudades, hasta que finalmente se marchó a Madrid. En *La vida breve*, novela publicada en 1950, aparece por primera vez Santa María, su territorio literario de la incomunicación, la soledad y la desesperanza. Es autor de relatos memorables y de novelas como *El Astillero, El Pozo* y *Juntacadáveres*. Inventor de un universo habitado por, como lo dice el escritor Antonio Muñoz Molina "los héroes más perezosos, más pacíficos, los más inútiles del mundo". El relato "El posible Baldi" ha sido tomado del volumen *Cuentos completos*, publicado por Editorial Alfaguara en 1994.

Baldi se detuvo en la isla de cemento que sorteaban veloces los vehículos, esperando la pitada final del agente, mancha oscura sobre la alta garita blanca. Sonrió pensando en sí mismo, barbudo, el sombrero hacia atrás, las manos en los bolsillos del pantalón, una cerrando los dedos contra los honorarios de «Antonio Vergara–Samuel Freider». Decía tener un aire jovial y tranquilo, balanceando el cuerpo sobre las piernas abiertas, mirando plácido el cielo, los árboles del Congreso, los colores de los *colectivos*. Seguro frente al problema de la noche, ya resuelto por medio de la peluquería, la comida, la función de cinematógrafo con Nené. Y lleno de confianza en su poder —la mano apretando los billetes— porque una mujer rubia y extraña, parada a su lado, lo rozaba de vez en vez con sus claros ojos. Y si él quisiera...

Se detuvieron los coches y cruzó, llegando hasta la plaza. Siguió andando, siempre calmoso. Una canasta con flores le recordó la verja de Palermo, el beso entre jazmines de la última noche. La cabeza despeinada de la mujer caía en su brazo. Luego el beso rápido en la esquina, la ternura en la boca, la interminable mirada brillante. Y esta noche, también esta noche. Sintió de improviso que era feliz; tan claramente, que casi se detuvo, como si su felicidad estuviera pasándole al lado, y él pudiera verla, ágil y fina, cruzando la plaza con veloces pasos.

Sonrió al agua temblorosa de la fuente. Junto a la gran chiquilla dormida en piedra, alcanzó una moneda al hombre andrajoso que aún no se la había pedido. Ahora le hubiera gustado una cabeza de niño para acariciar al paso. Pero los chicos jugaban más allá, corriendo en el rectángulo de pedregullo rojizo. Sólo pudo volcarse hinchando los músculos del pecho, pisando fuerte en la rejilla que colaba el viento cálido del subterráneo.

Siguió, pensando en la caricia agradecida de los dedos de Nené en su brazo cuando le contara aquel golpe de dicha venido de ella, y en que se necesita un cierto adiestramiento para poder envasar la felicidad. Iban a lanzarse en la fundación de la Academia de la Dicha —un proyecto que adivinaba magnífico, con un audaz edificio de cristal saltando de una ciudad enjardinada, llena de bares, columnas de níquel, orquestas junto a playas de oro, y miles de afiches color rosa, desde donde sonreían mujeres de ojos borrachos— cuando notó que la mujer extraña y rubia de un momento antes caminaba a su lado, apenas unos metros a la derecha. Dobló la cabeza, mirándola.

Pequeña, con un largo impermeable verde oliva atado en la cintura como quebrándola, las manos en los bolsillos, un cuello de camisa de tenis, la moña roja de la corbata cubriéndole el pecho. Caminaba lenta, golpeando las rodillas en la tela del abrigo con un débil ruido de toldo que sacude el viento. Dos puñados de pelo rojizo salían del sombrero sin alas. El perfil afinado y todas las luces espejeándose en los ojos. Pero el secreto de la pequeña figura estaba en los tacones demasiado altos, que la obligaban a caminar con lenta majestad, hiriendo el suelo en un ritmo invariable de relojería. Y rápido como si sacudiera pensamientos tristes, la cabeza giraba hacia la izquierda chorreando una mirada a Baldi y volvía a mirar hacia adelante. Dos, cuatro, seis veces, la ojeaba fugaz.

De pronto, un hombre bajo y gordo, con largos bigotes retintos. Sujeto por la torcida boca a la oreja semioculta de la mujer, siguiéndola tenaz y murmurante en las direcciones sesgadas que ella tomaba para separarlo.

Baldi sonrió y alzó los ojos a lo alto del edificio. Ya las ocho y cuarto. La brocha sedosa en el salón de la peluquería, el traje azul sobre la cama, el salón del restaurante. En todo caso, a las nueve y media podría estar en Palermo. Se abrochó rápidamente el saco y caminó hasta ponerse junto a la pareja. Tenía la cara ennegrecida de barba y el pecho lleno de aire, un poco inclinado hacia adelante como si lo desequilibrara el peso de los puños. El hombre de los largos bigotes hizo girar los ojos en rápida inspección; luego los detuvo con aire de profundo interés, en la esquina lejana de la plaza. Se apartó en silencio, a pasos menudos y fue a sentarse en un banco de piedra, con un suspiro de satisfecho descanso. Baldi lo oyó silbar, alegre y distraído, una musiquita infantil.

Pero ya estaba la mujer, adherida a su rostro con los grandes ojos azules, la sonrisa nerviosa e inquieta, los vagos gracias, gracias, señor... Algo de subyugado y seducido que se delataba en ella, lo impulsó a no descubrirse, a oprimir los labios, mientras la mano rozaba el ala del sombrero.

—No hay por qué —y alzó los hombros, como acostumbrado a poner en fuga a hombres molestos y bigotudos.

—¿Por qué lo hizo? Yo, desde que lo vi...

Se interrumpió turbada; pero ya estaban caminando juntos. Hasta cruzar la plaza, se dijo Baldi.

—No me llame señor. ¿Qué decía? Desde que me vio...

Notó que las manos que la mujer movía en el aire en gesto de exprimir limones, eran blancas y finas. Manos de dama con esa ropa, con ese impermeable en noche de luna.

—¡Oh! Usted va a reírse.

Pero era ella la que reía, entrecortada, temblándole la cabeza. Comprendió, por las *r* suaves y las *s* silbantes, que la mujer era extranjera. Alemana, tal vez. Sin saber por qué, esto le pareció fastidioso y quiso cortar.

—Me alegro mucho, señorita, de haber podido...

—Sí, no importa que se ría. Yo, desde que lo vi esperando para cruzar la calle, comprendí que usted no era un hombre como todos. Hay algo raro en usted, tanta fuerza, algo quemante... Y esa barba, que lo hace tan orgulloso...

Histérica y literata, suspiró Baldi. Debiera haberme afeitado esta tarde. Pero sentía viva la admiración de la mujer; la miró de costado, con fríos ojos de examen.

—¿Por qué piensa eso? ¿Es que me conoce, acaso?

—No sé, cosas que se sienten. Los hombres, la manera de llevar el sombrero... no sé. Algo. Le pedía a Dios que hiciera que usted me hablara.

Siguieron caminando en una pausa durante la cual Baldi pensó en todas las etapas que aún debía vencer para llegar a tiempo a Palermo. Se habían hecho escasos los automóviles y los paseantes. Llegaban los ruidos de la avenida, los gritos aislados, y ya sin convicción, de los vendedores de diarios.

Se detuvieron en la esquina. Baldi buscaba la frase de adiós en los letreros, los focos y el cielo con luna nueva. Ella rompió la pausa con cortos ruidos de risa filtrados por la nariz. Risa de ternura, casi de llanto, como si se apretara contra un niño. Luego alzó una mirada temerosa.

—Tan distinto a los otros... Empleados, señores, jefes de las oficinas... —las manos exprimían rápidas mientras agregaba—: Si usted fuera tan bueno de estarse unos minutos. Si quisiera hablarme de su vida... ¡Yo sé que es todo tan extraordinario!

Baldi volvió a acariciar los billetes de Antonio Vergara contra Samuel Freider. Sin saber si era por vanidad o lástima, se resolvió. Tomó el brazo de la mujer y, hosco, sin mirarla, sintiendo impasible los maravillados y agradecidos ojos azules apoyados en su cara, la fue llevando hacia la esquina de Victoria, donde la noche era más fuerte.

Unos faroles rojos clavados en el aire oscurecido. Estaban arreglando la calle. Una verja de madera rodeando máquinas, ladrillos, pilas de bolsas. Se acodó en la empalizada. La mujer se detuvo indecisa, dio unos pasos cortos, las manos en los bolsillos del perramus, mirando con atención la cara endurecida que Baldi inclinaba sobre el empedrado roto. Luego se acercó, recostada a él, mirando con forzado interés las herramientas abandonadas bajo el toldo de lona.

Evidente que la empalizada rodeaba el Fuerte Coronel Rich, sobre el Colorado, a equis millas de la frontera de Nevada. Pero él ¿era Wenonga, el de la pluma solitaria sobre el cráneo aceitado, o Mano Sangrienta, o Caballo Blanco, jefe de los sioux? Porque si estuviera del otro lado de los listones con punta flordelisada —¿qué cara pondría la mujer si él saltara sobre las maderas?—, si estuviera rodeado por la valla, sería un blanco defensor del fuerte, Buffalo Bill de altas botas, guantes de mosquetero y mostachos desafiantes. Claro que no servía, que no pensaba asustar a la mujer con historias para niños. Pero estaba lanzado y apretó la boca en seguridad y fuerza.

Se apartó bruscamente. Otra vez, sin mirarla, fijos los ojos en el final de la calle como en la otra punta del mundo:

—Vamos.

Y enseguida, en cuanto vio que la mujer lo obedecía dócil y esperando:

—¿Conoce Sudáfrica?

—¿África...?

—Sí. África del Sur. Colonia del Cabo. El Transvaal.

—No. ¿Es... muy lejos, verdad?

—¡Lejos...! ¡Oh, sí, unos cuántos días de aquí!

—¿Ingleses, allí?

—Sí, principalmente ingleses. Pero hay de todo.

—¿Y usted estuvo?

—¡Sí, estuve! —la cara se le balanceaba sopesando los recuerdos—. En Transvaal... Sí, casi dos años.

—*Then, do you know english?*

—*Very little and very bad.* Se puede decir que lo olvidé por completo.

—¿Y qué hacía allí?

—Un oficio extraño. Verdaderamente, no necesitaba saber idiomas para desempeñarme.

Ella caminaba moviendo la cabeza hacia Baldi y hacia adelante, como quien está por decir algo y vacila; pero no decía nada, limitándose a mover nerviosamente los hombros aceituna. Baldi la miró de costado, sonriendo a su oficio sudafricano. Ya debían ser la ocho y media. Sintió tan fuerte la urgencia del tiempo que era como si ya estuviera extendido en el sillón de la peluquería oliendo el aire perfumado, cerrados los ojos, mientras la espuma tibia se le va engrosando en la cara. Pero ya estaba la solución; ahora la mujer tendría que irse. Abiertos los ojos espantados, alejándose rápido, sin palabras. Con que hombres extraordinarios, ¿eh...?

Se detuvo frente a ella y se arqueó para acercarle el rostro.

—No necesitaba saber inglés, porque las balas hablan una lengua universal. En Transvaal, Africa del Sur, me dedicaba a cazar negros.

Él sintió que la bota que avanzaba en Transvaal se hundía en ridículo. Pero los dilatados ojos azules seguían pidiendo con tan anhelante humildad, que quiso seguir como despeñándose.

—Sí, un puesto de responsabilidad. Guardián en las minas de diamantes. En un lugar solitario. Mandan el relevo cada seis meses. Pero es un puesto conveniente; pagan en libras. Y, a pesar de la soledad, no siempre aburrido. A veces hay negros que quieren escapar con diamantes, piedras sucias, bolsitas con polvo. Estaban los alambres electrizados. Pero también estaba yo, con ganas de distraerme volteando negros ladrones. Muy divertido, le aseguro. Pam, pam, y el negro termina su carrera con una voltereta.

Ahora la mujer arrugaba el entrecejo, haciendo que sus ojos pasaran frente al pecho de Baldi sin tocarlo.

—¿Y usted mataba negros? ¿Así, con un fusil?

—¿Fusil? Oh, no. Los negros ladrones se cazan con ametralladoras. Marca Schneider. Doscientos cincuenta tiros por minuto.

—¿Y usted...?

—¡Claro que yo! Y con mucho gusto.

Ahora sí. La mujer se había apartado y miraba alrededor, entreabierta la boca, respirando agitada. Divertido si llamara a un vigilante. Pero se volvió con timidez al cazador de negros, pidiendo:

—Si quisiera... Podríamos sentarnos un momento en la placita.

—Vamos.

Mientras cruzaban hizo un último intento:

—¿No siente un poco de repugnancia? ¿Por mí, por lo que he contado?—con un tono burlón que suponía irritante.

Ella sacudió la cabeza, enérgica:

—Oh, no. Yo pienso que tendrá usted que haber sufrido mucho.

—No me conoce. ¿Yo, sufrir por los negros?

—Antes, quiero decir. Para haber sido capaz de eso, de aceptar ese puesto.

Todavía era capaz de extenderle una mano encima de la cabeza, murmurando la absolución. Vamos a ver hasta dónde aguanta la sensibilidad de una institutriz alemana.

—En la casita tenía aparato telegráfico para avisar cuando un negro moría por imprudencia. Pero a veces estaba tan aburrido, que no avisaba. Descomponía el aparato para justificar la tardanza si venía la inspección y tomaba el cuerpo del negro como compañero. Dos o tres días lo veía pudrirse, hacerse gris, hincharse. Me llevaba hasta él un libro, la pipa, y leía; en ocasiones, cuando encontraba un párrafo interesante, leía en voz alta. Hasta que mi compañero comenzaba a oler de una manera incorrecta. Entonces arreglaba el aparato, comunicaba el accidente y me iba a pasear al otro lado de la casita.

Ella no sufría suspirando por el pobre negro descomponiéndose al sol. Sacudía la triste cabeza inclinada para decir:

—Pobre amigo. ¡Qué vida! Siempre tan solo...

Hasta que él, ya sentado en un banco de la plazoleta, renunció a la noche y le tomó gusto al juego. Rápidamente, con un estilo nervioso e intenso, siguió creando al Baldi de las mil caras feroces que la admiración de la mujer hacía posible. De la mansa atención de ella, estremecida contra su cuerpo, extrajo el Baldi que gastaba en aguardiente, en una taberna de marinos en tricota —Marsella o El Havre— el dinero de amantes flacas y pintarrajeadas. Del oleaje que fingían las nubes en el cielo gris, el Baldi que se embarcó un mediodía en el *Santa Cecilia*, con diez dólares y un revólver. Del breve viento que hacía bailar el polvo de una casa en construcción, el gran aire arenoso del desierto, el Baldi enrolado en la Legión Extranjera que regresaba a las poblaciones con una trágica cabeza de moro ensartada en la bayoneta.

Así, hasta que el otro Baldi fue tan vivo que pudo pensar en él como en un conocido. Y entonces, repentinamente, una idea se le clavó tenaz. Un pensamiento lo aflojó en desconsuelo, junto al perramus de la mujer ya olvidada.

Comparaba al mentido Baldi con él mismo, con este hombre tranquilo e inofensivo que contaba historias a las Bovary de plaza Congreso. Con el Baldi que tenía una novia, un estudio de abogado, la sonrisa respetuosa del portero, el rollo de billetes de Antonio Vergara contra Samuel Freider, cobros de pesos. Una lenta vida idiota, como todo el mundo. Fumaba rápidamente, lleno de amargura, los ojos fijos en el cuadrilátero de un cantero. Sordo a las vacilantes palabras de la mujer, que terminó callando, doblando el cuerpo para empequeñecerse.

Porque el Dr. Baldi no fue capaz de saltar un día sobre la cubierta de una barcaza, pesada de bolsas o maderas. Porque no se había animado a aceptar que la vida es otra cosa, que la vida es lo que no puede hacerse en compañía de mujeres fieles, ni hombres sensatos. Porque había cerrado los ojos y estaba entregado, como todos. Empleados, señores, jefes de las oficinas.

Tiró el cigarrillo y se levantó. Sacó el dinero y puso un billete sobre las rodillas de la mujer.

—Tomá. ¿Querés más?

Agregó un billete más grande, sintiendo que la odiaba, que hubiera dado cualquier cosa por no haberla encontrado. Ella sujetó los billetes con la mano para defenderlos del viento:

—Pero. Yo no lo he dicho... Yo no sé... —inclinándose hacia él, más azules que nunca los grandes ojos, desilusionada la boca—. ¿Se va?

—Sí, tengo que hacer. Chau.

Volvió a saludar con la mano, con el gesto seco que hubiera usado el posible Baldi, y se fue. Pero volvió a los pocos pasos y acercó el rostro barbudo a la mímica esperanzada de la mujer, que sostenía en alto los dos billetes, haciendo girar la muñeca. Habló con la cara ensombrecida, haciendo sonar las palabras como insultos.

—Ese dinero que te di lo gano haciendo contrabando de cocaína. En el Norte.

Ana

José Balza

Nacido en 1939 en el Delta del Orinoco, Venezuela.
Vive en Caracas y trabaja en la Universidad Central de
Venezuela. Autor de una extraordinaria originalidad for-
mal dentro de lo que Severo Sarduy llamó "un realis-
mo humorístico y crítico". Ha publicado unos 20 libros
de ficción y ensayos, dentro de los cuales se destacan:
*Marzo anterior, Largo, Setecientas palmeras plantadas
en el mismo lugar, D, Medianoche en Video: 1/5* y *La
Mujer de espaldas.* El relato "Ana" ha sido tomado del
volumen *Ejercicios narrativos,* publicado por la Universidad Nacional Autónoma de México en 1992.

I

Ha llovido por semanas; el invierno debió
haber acabado, pero los días no se sacuden
el viento ni el frío ni las lentas nubes. Si todas las ciudades
fueran una sola, ella sabría dónde se encuentra. Acaba de
cruzar la Avenida Libertador desafiando la tormenta: podría
nevar y sin embargo no trae abrigo ni guantes; apenas una
bufanda tomada en el último minuto, y el *sweater*. Así quiere
oponerse al invierno; éste no es tiempo para él. Los retoños
de marzo fueron quemados por el frío; ciertos árboles osa-
ron mostrar capullos y el viento los cegó. En los parques
algunos arbustos aún crecen; y sólo cada tantas esquinas
hay un símbolo de primavera: las magnolias, rosáceas y car-
nales, cuya tersura consuela bajo la ventisca. Los altos edi-
ficios parecen plata congelada, y aunque mil avisos hacen
saltar luces brillantes, ella percibe nada más una que otra
ventana cálidamente encendida: señal de algo íntimo, amo-
roso o familiar.

Algo raspa el subsuelo: los incesantes trenes. De pronto
una rápida granizada perturba el tráfico. Podrían ser las cin-

co de la tarde o las diez de la mañana. Sabe que cualquier bus la dejará en el apartamento de un amigo, cerca de la universidad o en uno de esos cafés penumbrosos como las ventanas de arriba. ¿Va hacia alguno de tales sitios? No, y apenas comienza a saberlo; pero no importa: camina casi con prisa por la avenida soberbia, y recoge las manos dentro de los bolsillos. Próximo, junto al ángulo de una tienda, otro arbusto de magnolia vuelve a retar el tiempo: su ramaje florece, los pétalos olientes y casi táctiles irradian calor y colores. La mujer retiene el paso: su propio cuello, sus bellísimos pómulos, la boca grande poseen una cobertura de magnolia; y junto a ellos la azul mirada y el pelo húmedo que aún es levantado por el aire, definen su presencia segura, llamativa.

Acaba de abandonar su trabajo: esa labor agotadora y discontinua que asume o aparta irregularmente: por días enteros, por momentos; esa labor de traductora que ejerce casi desde la adolescencia. Haber nacido en un país tan grande —por sus numerosas fronteras— tal vez le haya impedido valorar con exactitud la dificultad de su tarea: traductora. Poco después de la infancia ciñó el conocimiento de los cinco idiomas que la acompañaban, y los convirtió en instrumento económico. Aun cuando vivía con sus padres ya traducía para sí misma: de tal modo que en ocasiones ignoraba en qué lenguaje estaba leyendo. Las lenguas le llegaban a través de la radio o la TV; mediante revistas y conversaciones. Su ciudad parecía no pertenecer a ninguna. Ella las absorbió todas. Tampoco discrimina en su trabajo: puede ocuparse de un documento legal (no muy complicado) o de un libro para bachilleres. Pocas veces acepta traducir poesía, tal como ha hecho en estos días. Esa serpiente —los versos— le causa mayores problemas que cualquier otra cosa, hasta pierde dinero (por el tiempo invertido): pero también recibe un goce sorprendente, como un frenazo.

Más tarde volverá al texto que ahora conduce. No está cansada ni tensa; sólo le molesta la permanencia del invierno: aunque tampoco debería sorprenderse: en otras ocasiones fue igual. En cada esquina la multitud apurada y aterida se lanza a cruzar, como buscando la conclusión de la calle. Ella no: avanza rápido pero sabiendo que, si bien su término está cerca, todavía no lo logrará. En verdad cuanto sabe —y por eso está aquí—es que no tardará en hallar el pasadizo adecuado.

La avenida le ofrece ahora el bar *Luna llena*, donde muchas veces ha visto a Bob y a Mario, a Carlota y a Rebecca; tal vez bastaría empujar la puerta para encontrarlos. Ni siquiera mira hacia allí; podrían reconocerla y obligarla a entrar. La calle se estremece bajo la llovizna. No hay duda de que las magnolias son bellas, como ella misma: y así también burlan el tardío invierno. O mejor: ella tiene mucho de magnolia: su piel. Algún amigo lo dijo hace tiempo, y la asoció con Ava Gardner. Su rostro tenía la piel de Ava Gardner, como dijo él, algo de magnolia, aunque la actriz era morena.

Fue necesario buscar viejas revistas y libros de cine para encontrar fotos de la actriz. Las películas de sus primeras décadas no volvían a las salas. Sin embargo, por azar vio alguna, y compartió el criterio de su amigo. Ambas tenían un misterioso esplendor. Cuando volvió a hablar con su amigo, lo llevó hacia el tema de la actriz y de la piel. Estaba complacida. Maravillada, lo escuchó contar anécdotas sobre la hermosa estrella: sus matrimonios, su manía de andar descalza. Debió sorprenderle que un hombre tan joven conociera a aquella diva. Se lo dijo; y él contestó riendo que

no era joven, iba hacia los cincuenta, a pesar de su apariencia, y amó a Ava Gardner como sólo puede hacerlo un ado-
lescente: la vio por un momento, en 1947, en ese extraño y
sobrio bar (¿o era un restaurant?) llamado *Cuchilleros*, con un
hombre que podía ser Artie Shaw. ¿*Cuchilleros*? ¿Aún existi-
ría? Poco después ella ubicó el sitio: aún existía y era efecti-
vamente extraño, aunque todo allí resultara habitual. En el
centro, el bar tenía forma de barco; la madera de las mesas
y los manteles claros impartían nobleza, pero flotaba algo
como artificial, como escenográfico en el lugar. Ya no recuerda qué almorzó; pero sí puede evocar el lento café con
crema. Estaba sola y era hermosa. En algún rincón —tal vez
en su misma mesa— Ava Gardner había estado con alguien,
felina y salvaje, discreta pero notable, con los grandes ojos
verdes perdidos en la penumbra, y exhalando un contagio-
so olor a magnolia.

¿Fue un amigo de Bob quien le indicó la estancia de Ava
en *Cuchilleros*? No lo recuerda; y tampoco entraría a pregun-
tarle ahora, al *Luna llena*, por donde acaba de pasar. Era curioso andar con un hombre tan mayor sin haberlo advertido:
¿se divertía él con el grupo de adolescentes? ¿Quería ex-
traer algo —el inocente cinismo de los muchachos, la segura instalación en el mundo de las chicas? Lo ignora, y ya no
sabe dónde puede estar ese hombre: quizá Bob podría de-
círselo: pero no va a regresar al *Luna llena*. Esa fue la primera
vez, piensa mientras siente el pelo húmedo elevarse en mi-
lagroso desafío contra el viento, que se cortó los cabe-
llos: ella misma, solitaria, deshizo el espléndido lienzo dorado; ella misma dirigió casi con violencia las tijeras y recortó
su adorado cabello. ¿Cuántos años tenía? Fue, sin duda,
durante la separación de sus padres. Curiosamente, mientras ellos (bajo áridas y torvas situaciones silenciosas) deci-

dían dejarse, ella elegía no parecerse a su hermana. La había amado, la había soportado: pero no es fácil ser mellizas, ser idénticas y poseer el mismo pelo de oro flotante. Cuando algo se quebró afuera, reconoció su autonomía, y el primer canto a esa diferencia fue cumplido por las tijeras, cerca de su oído.

Su padre, tan reciente y tan olvidado, parece un musgoso banco de algún pueblo que se atraviesa para llegar a importantes ciudades. Sabía sufrir, sabía ser tierno: ella jamás lo añoraría, tampoco deja de sentir nostalgia por él. Todo en casa era su madre: enérgica, atenta, actuante y misteriosa. Cuando abandonó al padre aún era bella y su ausencia impuso definitivamente el silencio en casa. Ya las hijas podían vivir solas (de algún modo el padre siempre lo había hecho). Sólo después supo que mamá atravesó el país, buscó la frontera más aislada, para vivir con otra mujer. Tarde, pero con implacable decisión de ser feliz y recuperar los años, la madre reconoció que nada había sabido del amor con los hombres. Estaba a tiempo para realizar esa otra propuesta del cuerpo, y accedió.

Varias veces ella —entre sus numerosos viajes— también ha acudido al encuentro con mamá. Trenes y aviones la conducen a un poblado terso, de casitas y bosques bien cuidados. Esa mujer calmada que la recibe, es su madre. En dos ocasiones coincidió con su hermana. Ambas tenían el cabello largo, y pasaron días de animada fraternidad.

Sabe que esta inmensa calle cubre kilómetros de lujo y de provocaciones al ojo. En su cuarto un idioma extranjero espera para ser domado. La lluvia disminuye; y el gentío parece descansar por minutos. Esta gasa rojiza que toca las paredes debe ser el sol. De nuevo extiende los dedos de la mano, con satisfacción. Está a punto de bostezar, sin fastidio. ¿Son las magnolias su secreto? A nadie ha hablado de ellas: pero las magnolias pertenecen a la multitud que también las descubre en algún rincón de la ciudad. Y, en todo caso, pertenecen a las mejillas, a la seducción de Ava Gardner (ese animal erótico que nunca terminó de leer un libro), tal como la vio alguien en un hondo restaurant llamado *Cuchilleros*.

Se demora un instante en la esquina; duda un poco, y enseguida afianza el paso con elegancia. Sabe a dónde ir: hacia ese lugar que la ciudad no le concede, que las calles mismas ocultan y que sin embargo existe como una imposición.

II

Precisamente porque sabe dónde está, porque un inagotable sentido de la realidad fluye siempre en ella con espontaneidad, Ana elige esta zona para gastar las últimas horas. Ni en las calles brillantes ni en esas fachadas sosegadas de clase media, podría afrontar lo que ahora le es indicado.

Como en las ramblas, como en la avenida Luxury, aquí el bullicio se escribe con gente que sabe vivir y ocultarse dentro de olores firmes, dentro de recónditas atmósferas. Así siente que en esta ciudad tan suya (aunque ninguna lo sea) arriba al centro que la obsesiona: la calle total, casi nunca accesible, a pesar de su inmediata realidad. Ahora está en el territorio del desconcierto y de la exigencia, en ese norte exclusivo. Su calle prohibida. Sólo poco después, aun avanzando, se interroga con crudeza y llega a pensar que, tal vez, una calle así realmente no existe.

La
autopista
del sur

JULIO CORTÁZAR

Nació en Bruselas en 1914, pero desde muy pequeño sus padres lo llevaron a su país, Argentina, donde vivió hasta 1951; a partir de entonces se instaló en París, donde murió en febrero de 1984. Durante muchos años se ganó la vida como traductor para organismos internacionales y llevó a cabo versiones magistrales del francés y del inglés. Autor de una rica obra literaria en la que encontramos novelas y volúmenes de cuentos como: *Bestiario, Las armas secretas, Los premios, Alguien que anda por ahí, Rayuela, Libro de Manuel* y *Final de juego* además de libros de difícil clasificación como *Último round, Historias de cronopios y de famas* y *La vuelta al día en ochenta mundos*, y libros de poemas como *Pameos y meopas* y *Salvo el crepúsculo*. "La autopista del sur" ha sido tomado del volumen *Todos los fuegos el fuego*, publicado por Editorial Sudamericana en 1967.

Gli automobilisti accaldati sembrano non avere storia... Come realtà, un ingorgo automobilistico impressiona ma non ci dice gran che.

Arrigo Benedetti,
L'Espresso, Roma, 21/6/1946.

Al principio la muchacha del Dauphine había insistido en llevar la cuenta del tiempo, aunque al ingeniero del Peugeot 404 le daba ya lo mismo. Cualquiera podía mirar su reloj pero era como si ese tiempo atado a la muñeca derecha o el *bip bip* de la radio midieran otra cosa, fueran el tiempo de los que no han hecho la estupidez de querer regresar a París por la autopista del sur un domingo de tarde y, apenas salidos de Fontainebleau, han tenido que ponerse al paso, detenerse, seis filas a cada lado (ya se sabe que los domingos la autopista está íntegramente reservada a los que regresan a la capital), poner en marcha el motor, avanzar tres metros, detenerse, charlar con las dos monjas del 2HP a la derecha, con la muchacha del Dauphine a la izquierda, mirar por el retrovisor al hombre pálido que conduce un Caravelle, envidiar irónicamente la felicidad avícola del matrimonio del Peugeot 203 (detrás del Dauphine de la muchacha) que juega con su niñita y hace bromas y come queso, o sufrir de a ratos los desbordes exasperados de los dos jovencitos del Simca que precede al

Peugeot 404, y hasta bajarse en los altos, explorar sin alejarse mucho (porque nunca se sabe en qué momento los autos de más adelante reanudarán la marcha y habrá que correr para que los de atrás no inicien la guerra de las bocinas y los insultos), y así llegar a la altura de un Taunus delante del Dauphine de la muchacha que mira a cada momento la hora, y cambiar unas frases descorazonadas o burlonas con los dos hombres que viajan con el niño rubio cuya inmensa diversión en esas precisas circunstancias consiste en hacer correr libremente su autito de juguete sobre los asientos y el reborde posterior del Taunus, o atreverse y avanzar todavía un poco más, puesto que no parece que los autos de adelante vayan a reanudar la marcha, y contemplar con alguna lástima al matrimonio· de ancianos en el ID Citroën que parece una gigantesca bañera violeta donde sobrenadan los dos viejitos, él descansando los antebrazos en el volante con un aire de paciente fatiga, ella mordisqueando una manzana con más aplicación que ganas.

A la cuarta vez de encontrarse con todo eso, de hacer todo eso, el ingeniero había decidido no salir más de su coche, a la espera de que la policía disolviese de alguna manera el embotellamiento. El calor de agosto se sumaba a ese tiempo a ras de neumáticos para que la inmovilidad fuese cada vez más enervante. Todo era olor a gasolina, gritos destemplados de los jovencitos del Simca, brillo del sol rebotando en los cristales y en los bordes cromados, y para colmo la sensación contradictoria del encierro en plena selva de máquinas pensadas para correr. El 404 del ingeniero ocupaba el segundo lugar de la pista de la derecha contando desde la franja divisoria de las dos pistas, con lo cual tenía otros cuatro autos a su derecha y siete a su izquierda, aunque de hecho sólo pudiera ver distintamente los ocho coches que lo rodeaban y sus ocupantes que ya había detallado hasta cansarse. Había charlado con todos, salvo con los muchachos del Simca que le caían antipáticos; entre trecho y trecho se había discutido la situación en sus menores detalles, y la impresión general era que hasta Corbeil—Essonnes se avanzaría al paso o poco menos, pero que entre Corbeil y Juvisy el ritmo iría acelerándose una vez que los helicópteros y los motociclistas lograran quebrar lo peor del embotellamiento. A nadie le cabía duda de que algún accidente muy grave debía haberse producido en la zona, única explicación de una lentitud tan increíble. Y con eso el gobierno, el calor, los impuestos, la vialidad, un tópico tras otro, tres metros, otro lugar común, cinco metros, una frase sentenciosa o una maldición contenida.

A las dos monjitas del 2HP les hubiera convenido llegar a Milly—la—Fôret antes de las ocho, pues llevaban una cesta de hortalizas para la cocinera. Al matrimonio del Peugeot 203 le importaba sobre todo no perder los juegos televisados de las nueve y media; la muchacha del Dauphine le había dicho al ingeniero que le daba lo mismo llegar más tarde a París pero que se quejaba por principio, porque le parecía un atropello someter a millares de personas a un régimen de caravana de camellos. En esas últimas horas (debían de ser casi las cinco pero el calor los hostigaba insoportablemente) habían avanzado unos cincuenta metros a juicio del ingeniero, aunque uno de los hombres del Taunus que se había acercada a charlar llevando de la mano al niño con su autito, mostró irónicamente la copa de un plátano solitario y la muchacha del Dauphine recordó que ese plátano (si no era un castaño) había estado en la misma línea que su auto durante tanto tiempo que ya no valía la pena mirar el reloj pulsera para perderse en cálculos inútiles.

No atardecía nunca, la vibración del sol sobre la pista y las carrocerías dilataba el vértigo hasta la náusea. Los anteojos negros, los pañuelos con agua de colonia en la cabeza, los recursos improvisados para protegerse, para evitar un reflejo chirriante o las bocanadas de los caños de escape a cada avance, se organizaban y perfeccionaban, eran objeto de comunicación y comentario. El ingeniero bajó otra vez para estirar las piernas, cambió unas palabras con la pareja de aire campesino del Ariane que precedía al 2HP de las monjas. Detrás del 2HP había un Volkswagen con un soldado y una muchacha que parecían recién casados. La tercera fila hacia el exterior dejaba de interesarle porque hubiera tenido que alejarse peligrosamente del 404; veía colores, formas, Mercedes Benz, ID, 4R, Lancia, Skoda, Morris Minor, el catálogo completo. A la izquierda, sobre la pista opuesta, se tendía otra maleza inalcanzable de Renault, Anglia, Peugeot, Porsche, Volvo; era tan monótono que al final, después de charlar con los dos hombres del Taunus y de intentar sin éxito un cambio de impresiones con el solitario conductor del Caravelle, no quedaba nada mejor que volver al 404 y reanudar la misma conversación sobre la hora, las distancias y el cine con la muchacha del Dauphine.

A veces llegaba un extranjero, alguien que se deslizaba entre los autos viniendo desde el otro lado de la pista o desde las filas exteriores de la derecha, y que traía alguna noticia probablemente falsa repetida de auto en auto a lo largo de calientes kilómetros. El extranjero saboreaba el éxito de sus novedades, los golpes de las portezuelas cuando los pasajeros se precipitaban para comentar lo sucedido, pero al cabo de un rato se oía alguna bocina o el arranque de un motor, y el extranjero salía corriendo, se lo veía zigzaguear entre los autos para reintegrarse al suyo y no quedar expuesto a la justa cólera de los demás. A lo largo de la tarde se había sabido así del choque de un Floride contra un 2HP cerca de Corbeil, tres muertos y un niño herido, el doble choque de un Fiat 1500 contra un furgón Renault que había aplastado a un Austin lleno de turistas ingleses, el vuelco de un autocar de Orly colmado de pasajeros procedentes del avión de Copenhague. El ingeniero estaba seguro de que todo o casi todo era falso, aunque algo grave debía haber ocurrido cerca de Corbeil e incluso en las proximidades de París para que la circulación se hubiera paralizado hasta ese punto. Los campesinos del Ariane, que tenían una granja del lado de Montereau y conocían bien la región, contaban de otro domingo en que el tránsito había estado detenido durante cinco horas, pero ese tiempo empezaba a parecer casi nimio ahora que el sol acostándose hacia la izquierda de la ruta, volcaba en cada auto una última avalancha de jalea anaranjada que hacía hervir los metales y ofuscaba la vista, sin que jamás una copa de árbol desapareciera del todo a la espalda, sin que otra sombra apenas entrevista a la distancia se acercara como para poder sentir de verdad que la columna se estaba moviendo aunque fuera apenas, aunque hubiera que detenerse y arrancar y bruscamente clavar el freno y no salir nunca de la primera velocidad, del desencanto insultante de pasar una vez más de la primera al punto muerto, freno de pie, freno de mano, stop, y así otra vez y otra vez y otra.

En algún momento, harto de inacción, el ingeniero se había decidido a aprovechar un alto especialmente interminable para recorrer las filas de la izquierda, y dejando a su espalda el Dauphine había encontrado un DKW, otro 2HP, un Fiat 600, y se había detenido junto a un De Soto para cambiar impresiones con el azorado turista de Washington que no entendía casi el francés pero que tenía que estar a las ocho en la Place de l'Opéra sin falta *you understand, my wife will be awfully anxious, damn it*, y se hablaba un poco de todo cuando un hombre con aire de viajante de comercio salió del DKW para contarles que alguien había llegado un rato antes con la noticia de que un Piper Cub se había estrellado en plena autopista, varios muertos. Al americano el Piper Cub lo tenía profundamente sin cuidado, y también al ingeniero que oyó un coro de bocinas y se apresuró a regresar al 404, trasmitiendo de paso las novedades a los dos hombres del Taunus y al matrimonio del 203. Reservó una explicación más detallada para la muchacha del Dauphine mientras los coches avanzaban lentamente unos pocos metros (ahora el Dauphine estaba ligeramente retrasado con relación al 404, y más tarde sería al revés, pero de hecho las doce filas se movían prácticamente en bloque, como si un gendarme invisible en el fondo de la autopista ordenara el avance simultáneo sin que nadie pudiese obtener ventajas). Piper Cub, señorita, es un pequeño avión de paseo. Ah. Y la mala idea de estrellarse en plena autopista un domingo de tarde. Esas cosas. Si por lo menos hiciera menos calor en los condenados autos, si esos árboles de la derecha quedaran por fin a la espalda, si la última cifra del cuenta kilómetros acabara de caer en su agujerito negro en vez de seguir suspendida por la cola, interminablemente.

En algún momento (suavemente empezaba a anochecer, el horizonte de techos de automóviles se teñía de lila) una gran mariposa blanca se posó en el parabrisas del Dauphine, y la muchacha y el ingeniero admiraron sus alas en la breve y perfecta suspensión de su reposo; la vieron alejarse con una exasperada nostalgia, sobrevolar el Taunus, el ID violeta de los ancianos, ir hacia el Fiat 600 ya invisible desde el 404, regresar hacia el Simca donde una mano cazadora trató inútilmente de atraparla, aletear amablemente sobre el Ariane de los campesinos que parecían estar comiendo alguna cosa, y perderse después hacia la derecha. Al anochecer la columna hizo un primer avance importante, de casi cuarenta metros; cuando el ingeniero miró distraídamente el cuenta kilómetros, la mitad del 6 había desaparecido y un asomo de 7 empezaba a descolgarse de lo alto. Casi todo el mundo escuchaba sus radios, los del Simca la habían puesto a todo trapo y coreaban un twist con sacudidas que hacían vibrar la carrocería; las monjas pasaban cuentas de sus rosarios, el niño del Taunus se había dormido con la cara pegada al cristal, sin soltar el auto de juguete. En algún momento (ya era noche cerrada) llegaron extranjeros con más noticias, tan contradictorias como las otras ya olvidadas. No había sido un Piper Cub sino un planeador pilotado por la hija de un general. Era exacto que un furgón Renault había aplastado a un Austin, pero no en Juvisy sino casi en las puertas de París; uno de los extranjeros explicó al matrimonio del 203 que el macadam de la autopista había cedido a la altura de Igny y que cinco autos habían volcado al meter las ruedas delanteras en la grieta. La idea de una catástrofe natural se propagó hasta el ingeniero, que se encogió de hombros sin hacer comentarios. Más tarde, pensando en esas primeras horas de oscuridad en que habían respirado un poco más libremente, recordó que en algún momento había sacado el brazo por la ventanilla para tamborilear en la carrocería del Dauphine y despertar a la muchacha que se había dormido reclinada sobre el volante, sin preocuparse de un nuevo avance. Quizá ya era medianoche cuando una de las monjas le ofreció tímidamente un sándwich de jamón, suponiendo que tendría hambre. El ingeniero lo aceptó por cortesía (en realidad sentía náuseas) y pidió permiso para dividirlo con la muchacha del Dauphine, que aceptó y comió golosamente el sándwich y la tableta de chocolate que le había pasado el viajante del DKW, su vecino de la izquierda. Mucha gente había salido de los autos recalentados, porque otra vez llevaban horas sin avanzar; se empezaba a sentir sed, ya agotadas las botellas de limonada, la coca–cola y hasta los vinos de a bordo. La primera en quejarse fue la niña del 203, y el soldado y el ingeniero abandonaron los autos junto con el padre de la niña para buscar agua. Delante del Simca, donde la radio parecía suficiente alimento, el ingeniero encontró un Beaulieu ocupado por una mujer madura de ojos inquietos. No, no tenía agua pero podía darle unos caramelos para la niña. El matrimonio del ID se consultó un momento antes de que la anciana metiera la mano en un bolso y sacara una pequeña lata de jugo de frutas. El ingeniero agradeció y quiso saber si tenían hambre y si podía serles útil; el viejo movió negativamente la cabeza, pero la mujer pareció asentir sin palabras. Más tarde la muchacha del Dauphine y el ingeniero exploraron juntos las filas de la izquierda, sin alejarse demasiado; volvieron con algunos bizcochos y los llevaron a la anciana del ID, con el tiempo justo para regresar corriendo a sus autos bajo una lluvia de bocinas.

Aparte de esas mínimas salidas, era tan poco lo que podía hacerse que las horas acababan por superponerse, por ser siempre la misma en el recuerdo; en algún momento el ingeniero pensó en tachar ese día en su agenda y contuvo una risotada, pero más adelante, cuando empezaron los cálculos contradictorios de las monjas, los hombres del Taunus y la muchacha del Dauphine, se vio que hubiera convenido llevar mejor la cuenta. Las radios locales habían suspendido las emisiones, y sólo el viajante del DKW tenía un aparato de ondas cortas que se empeñaba en transmitir noticias bursátiles. Hacia las tres de la madrugada pareció llegarse a un acuerdo tácito para descansar, y hasta el amanecer la columna no se movió. Los muchachos del Simca sacaron unas camas neumáticas y se tendieron al lado del auto; el ingeniero bajó el respaldo de los asientos delanteros del 404 y ofreció las cuchetas a las monjas, que rehusaron; antes de acostarse un rato el ingeniero pensó en la muchacha del Dauphine, muy quieta contra el volante, y como sin darle importancia le propuso que cambiaran de autos hasta el amanecer; ella se negó, alegando que podía dormir muy bien de cualquier manera. Durante un rato se oyó llorar al niño del Taunus, acostado en el asiento trasero donde debía tener demasiado calor. Las monjas rezaban todavía cuando el ingeniero se dejó caer en la cucheta y se fue quedando dormido, pero su sueño seguía demasiado cerca de la vigilia y acabó por despertarse sudoroso e inquieto, sin comprender en un primer momento dónde estaba; enderezándose, empezó a percibir los confusos movimientos del exterior, un deslizarse de sombras entre los autos, y vio un bulto que se alejaba hacia el borde de la autopista; adivinó las razones, y más tarde él salió del auto sin hacer ruido y fue a aliviarse al borde de la ruta; no había setos ni árboles, solamente el campo negro y sin estrellas, algo que parecía un muro abstracto limitando la cinta blanca del macadam con su río inmóvil de vehículos. Casi tropezó con el campesino del Ariane, que balbuceó una frase ininteligible; al olor de la gasolina, persistente en la autopista recalentada, se sumaba ahora la presencia más ácida del hombre, y el ingeniero volvió lo antes posible a su auto. La chica del Dauphine dormía apoyada sobre el volante, un mechón de pelo contra los ojos; antes de subir al 404, el ingeniero se divirtió explorando en la sombra su perfil, adivinando la curva de los labios que soplaban suavemente. Del otro lado, el hombre del DKW miraba también dormir a la muchacha, fumando en silencio.

Por la mañana se avanzó muy poco pero lo bastante como para darles la esperanza de que esa tarde se abriría la ruta hacia París. A las nueve llegó un extranjero con buenas noticias: habían rellenado las grietas y pronto se podría circular normalmente. Los muchachos del Simca encendieron la radio y uno de ellos trepó al techo del auto y gritó y cantó. El ingeniero se dijo que la noticia era tan dudosa como las de la víspera, y que el extranjero había aprovechado la alegría del grupo para pedir y obtener una naranja que le dio el matrimonio del Ariane. Más tarde llegó otro extranjero con la misma treta, pero nadie quiso darle nada. El calor empezaba a subir y la gente prefería quedarse en los autos a la espera de que se concretaran las buenas noticias. A mediodía la niña del 203 empezó a llorar otra vez, y la muchacha del Dauphine fue a jugar con ella y se hizo amiga del matrimonio. Los del 203 no tenían suerte: a su derecha estaba el hombre silencioso del Caravelle, ajeno a todo lo que ocurría en torno, y a su izquierda tenían que aguantar la verbosa indignación del conductor de un Floride, para quien el embotellamiento era una afrenta exclusivamente personal. Cuando la niña volvió a quejarse de sed, al ingeniero se le ocurrió ir a hablar con los campesinos del Ariane, seguro de que en ese auto había cantidad de provisiones. Para su sorpresa los campesinos se mostraron muy amables; comprendían que en una situación semejante era necesario ayudarse, y pensaban que si alguien se encargaba de dirigir el grupo (la mujer hacía un gesto circular con la mano, abarcando la docena de autos que los rodeaba) no se pasarían apreturas hasta llegar a París. Al ingeniero lo molestaba la idea de erigirse en organizador, y prefirió llamar a los hombres del Taunus para conferenciar con ellos y con el matrimonio del Ariane. Un rato después consultaron sucesivamente a todos los del grupo. El joven soldado del Volkswagen estuvo inmediatamente de acuerdo, y el matrimonio del 203 ofreció las pocas provisiones que les quedaban (la muchacha del Dauphine había conseguido un vaso de granadina con agua para la niña, que reía y jugaba). Uno de los hombres del Taunus, que había ido a consultar a los muchachos del Simca, obtuvo un asentimiento burlón; el hombre pálido del Caravelle se encogió de hombros y dijo que le daba lo mismo, que hicieran lo que les pareciese mejor. Los ancianos del ID y la señora del Beaulieu se mostraron visiblemente contentos, como si se sintieran más protegidos. Los pilotos del Floride y del DKW no hicieron observaciones, y el americano del De Soto los miró asombrado y dijo algo sobre la voluntad de Dios. Al ingeniero le resultó fácil proponer que uno de los ocupantes del Taunus, en el que tenía una confianza instintiva, se encargara de coordinar las actividades. A nadie le faltaría de comer por el momento, pero era necesario conseguir agua; el jefe, al que los muchachos del Simca llamaban Taunus a secas para divertirse, pidió al ingeniero, al soldado y a uno de los muchachos que exploraran la zona circundante de la autopista y ofrecieran alimentos a cambio de bebidas. Taunus, que evidentemente sabía mandar, había calculado que deberían cubrirse las necesidades de un día y medio como máximo, poniéndose en la posición menos optimista. En el 2HP de las monjas y en el Ariane de los campesinos había provisiones suficientes para ese tiempo, y si los exploradores volvían con agua el problema quedaría resuelto. Pero solamente el soldado regresó con una cantimplora llena, cuyo dueño exigía en cambio comida para dos personas. El ingeniero no encontró a nadie que pudiera ofrecer agua, pero el viaje le sirvió para advertir que más allá de su grupo se estaban constituyendo otras células con problemas semejantes; en un momento dado el ocupante de un Alfa Romeo se negó a hablar con él del asunto, y le dijo que se dirigiera al representante de su grupo, cinco autos atrás en la misma fila. Más tarde vieron volver al muchacho del Simca que no había podido conseguir agua, pero Taunus calculó que ya tenían bastante los dos niños, la anciana del ID y el resto de las mujeres. El ingeniero le estaba contando a la muchacha del Dauphine su circuito de la periferia (era la una de la tarde, y el sol los acorralaba en los autos) cuando ella lo interrumpió con un gesto y le señaló el Simca. En dos saltos el ingeniero llegó hasta el auto y sujetó por el codo a uno de los muchachos, que se repantigaba en su asiento para beber a grandes tragos de la cantimplora que había traído escondida en la chaqueta. A su gesto iracundo, el ingeniero respondió aumentando la presión en el brazo; el otro muchacho bajó del auto y se tiró sobre el ingeniero, que dio dos pasos atrás y lo esperó casi con lástima. El soldado ya venía corriendo, y los gritos de las monjas alertaron a Taunus y a su compañero; Taunus escuchó lo sucedido, se acercó al muchacho de la botella, y le dio un par de bofetadas. El muchacho gritó y protestó lloriqueando, mientras el otro rezongaba sin atreverse a intervenir. El ingeniero le quitó la botella y se la alcanzó a Taunus. Empezaban a sonar bocinas y cada cual regresó a su auto, por lo demás inútilmente puesto que la columna avanzó apenas cinco metros.

A la hora de la siesta, bajo un sol todavía más duro que la víspera, una de las monjas se quitó la toca y su compañera le mojó las sienes con agua de colonia. Las mujeres improvisaban de a poco sus actividades samaritanas, yendo de un auto a otro, ocupándose de los niños para que los hombres estuvieran más libres; nadie se quejaba pero el buen humor era forzado, se basaba siempre en los mismos juegos de palabras, en un escepticismo de buen tono. Para

el ingeniero y la muchacha del Dauphine sentirse sudorosos y sucios era la vejación más grande; los enternecía casi la rotunda indiferencia del matrimonio de campesinos al olor que les brotaba de las axilas cada vez que venían a charlar con ellos o a repetir alguna noticia de último momento. Hacia el atardecer el ingeniero miró casualmente por el retrovisor y encontró como siempre la cara pálida y de rasgos tensos del hombre del Caravelle, que al igual que el gordo piloto del Floride se había mantenido ajeno a todas las actividades. Le pareció que sus facciones se habían afilado todavía más, y se preguntó si no estaría enfermo. Pero después, cuando al ir a charlar con el soldado y su mujer tuvo ocasión de mirarlo desde más cerca, se dijo que ese hombre no estaba enfermo; era otra cosa, una separación, por darle algún nombre. El soldado del Volkswagen le contó más tarde que a su mujer le daba miedo ese hombre silencioso que no se apartaba jamás del volante y que parecía dormir despierto. Nacían hipótesis, se creaba un folklore para luchar contra la inacción. Los niños del Taunus y el 203 se habían hecho amigos y se habían peleado y luego se habían reconciliado; sus padres se visitaban, y la muchacha del Dauphine iba cada tanto a ver cómo se sentía la anciana del ID y la señora del Beaulieu. Cuando al atardecer soplaron bruscamente ráfagas tormentosas y el sol se perdió entre las nubes que se alzaban al oeste, la gente se alegró pensando que iba a refrescar. Cayeron algunas gotas, coincidiendo con un avance extraordinario de casi cien metros; a lo lejos brilló un relámpago y el calor subió todavía más. Había tanta electricidad en la atmósfera que Taunus, con un instinto que el ingeniero admiró sin comentarios, dejó al grupo en paz hasta la noche, como si temiera los efectos del cansancio y el calor. A las ocho las mujeres se encargaron de distribuir las provisiones; se había decidido que el Ariane de los campesinos sería el almacén general, y que el 2HP de las monjas serviría de depósito suplementario. Taunus había ido en persona a hablar con los jefes de los cuatro o cinco grupos vecinos; después, con ayuda del soldado y el hombre del 203, llevó una cantidad de alimentos a los otros grupos, regresando con más agua y un poco de vino. Se decidió que los muchachos del Simca cederían sus colchones neumáticos a la anciana del ID y a la señora del Beaulieu; la muchacha del Dauphine, les llevó dos mantas escocesas y el ingeniero ofreció su coche, que llamaba burlonamente el *wagon–lit*, a quienes los necesitaran. Para su sorpresa, la muchacha del Dauphine aceptó el ofrecimiento y esa noche compartió las cuchetas del 404 con una de las monjas; la otra fue a dormir al 203 junto a la niña y su madre, mientras el marido pasaba la noche sobre el macadam, envuelto en una frazada. El ingeniero no tenía sueño y jugó a los dados con Taunus y su amigo; en algún momento se les agregó el campesino del Ariane y hablaron de política bebiendo unos tragos del aguardiente que el campesino había entregado a Taunus esa mañana. La noche no fue mala, había refrescado y brillaban algunas estrellas entre las nubes.

Hacia el amanecer, los ganó el sueño, esa necesidad de estar a cubierto que nacía con la grisalla del alba. Mientras Taunus dormía junto al niño en el asiento trasero, su amigo y el ingeniero descansaron un rato en la delantera. Entre dos imágenes de sueño, el ingeniero creyó oír gritos a la distancia y vio un resplandor indistinto; el jefe de otro grupo vino a decirle que treinta autos más adelante había habido un principio de incendio en Estafette, provocado por alguien que había querido hervir clandestinamente unas legumbres. Taunus bromeó sobre lo sucedido mientras iba de auto en auto para ver cómo habían pasado todos la noche, pero a nadie se le escapó lo que quería decir. Esa mañana la columna empezó a moverse muy temprano y hubo de correr y agitarse para recuperar los colchones y las mantas, pero como en todas partes debía estar sucediendo lo mismo casi nadie se impacientaba ni hacía sonar las bocinas. A mediodía habían avanzado más de cincuenta metros, y empezaba a divisarse la sombra de un bosque a la derecha de la ruta. Se envidiaba la suerte de los que en ese momento podían ir hasta la banquina y aprovechar la frescura de la sombra; quizá había un arroyo, o un grifo de agua potable. La muchacha del Dauphine cerró los ojos y pensó en una ducha cayéndole por el cuello y la espalda, corriéndole por las piernas; el ingeniero, que la miraba de reojo, vio dos lágrimas que le resbalaban por las mejillas.

Taunus, que acababa de adelantarse hasta el ID, vino a buscar a las mujeres más jóvenes para que atendieran a la anciana que no se sentía bien. El jefe del tercer grupo a retaguardia contaba con un médico entre sus hombres, y el soldado corrió a buscarlo. El ingeniero, que había seguido con irónica benevolencia los esfuerzos de los muchachitos del Simca para hacerse perdonar su travesura, entendió que era el momento de darles su oportunidad. Con los elementos de una tienda de campaña los muchachos cubrieron las ventanillas del 404, y el *wagon–lit* se trasformó en ambulancia para que la anciana descansara en una oscuridad relativa. Su marido se tendió a su lado, teniéndole la mano, y los dejaron solos con el médico. Después las monjas se ocuparon de la anciana, que se sentía mejor, y el ingeniero pasó la tarde como pudo, visitando otros autos y descansando en el de Taunus cuando el sol castigaba demasiado; sólo tres veces le tocó correr su auto, donde los viejitos parecían dormir, para hacerlo avanzar junto con la columna hasta el alto siguiente. Los ganó la noche sin que hubiesen llegado a la altura del bosque.

Hacia las dos de la madrugada bajó la temperatura, y los que tenían mantas se alegraron de poder envolverse en ellas. Como la columna no se movería hasta el alba (era algo que se sentía en el aire, que venía desde el horizonte de autos inmóviles en la noche) el ingeniero y Taunus se sentaron a fumar y a charlar con el campesino del Ariane y el soldado. Los cálculos de Taunus no correspondían ya a la realidad, y lo dijo francamente; por la mañana habría que hacer algo para conseguir más provisiones y bebidas. El soldado fue a buscar a los jefes de los grupos vecinos, que tampoco dormían, y se discutió el problema en voz baja para no despertar a las mujeres. Los jefes habían hablado con los responsables de los grupos más alejados, en un radio de ochenta o cien automóviles, y tenían la seguridad de que la situación era análoga en todas partes. El campesino conocía bien la región y propuso que dos o tres hombres de cada grupo salieran al alba para comprar provisiones en las granjas cercanas, mientras Taunus se ocupaba de designar pilotos para los autos que quedaran sin dueño durante la expedición. La idea era buena y no resultó difícil reunir dinero entre los asistentes; se decidió que el campesino, el soldado y el amigo de Taunus irían juntos y llevarían todas las bolsas, redes y cantimploras disponibles. Los jefes de los otros grupos volvieron a sus unidades para organizar expediciones similares, y al amanecer se explicó la situación a las mujeres y se hizo lo necesario para que la columna pudiera seguir avanzando. La muchacha del Dauphine le dijo al ingeniero que la anciana ya estaba mejor y que insistía en volver a su ID; a las ocho llegó el médico, que no vio inconveniente en que el matrimonio regresara a su auto. De todos modos, Taunus decidió que el 404 quedaría habilitado permanentemente como ambulancia; los muchachos, para divertirse, fabricaron un banderín con una cruz roja y la fijaron en la antena del auto. Hacía ya rato que la gente prefería salir lo menos posible de sus coches, la temperatura seguía bajando y a mediodía empezaron los chaparrones y se vieron relámpagos a la distancia. La mujer del campesino se apresuró a recoger agua con un embudo y una jarra de plástico, para especial regocijo de los muchachos del Simca. Mirando todo eso, inclinado sobre el volante donde había un libro abierto que no le interesaba demasiado, el ingeniero se preguntó por qué los expedicionarios tardaban tanto en regresar; más tarde Taunus lo llamó discretamente a su auto y cuando estuvieron dentro le dijo que habían fracasado. El amigo de Taunus dio detalles: las granjas estaban abandonadas o la gente se negaba a venderles nada, aduciendo las reglamentaciones sobre ventas a particulares y sospechando que podían ser inspectores que se valían de las circunstancias para ponerlos a prueba. A pesar de todo habían podido traer una pequeña cantidad de agua y algunas provisiones, quizá robadas por el soldado que sonreía sin entrar en detalles. Desde luego ya no podía pasar mucho tiempo sin que cesara el embotellamiento, pero los alimentos de que se disponía no eran los más adecuados para los dos niños y la anciana. El médico, que vino hacia las cuatro y media para ver a la enferma, hizo un gesto de exasperación y cansancio y dijo a Taunus que en su grupo y en todos los grupos vecinos pasaba lo mismo. Por la radio se había hablado de una operación de emergencia para despejar la autopista, pero aparte de un helicóptero que apareció brevemente al anochecer no se vieron otros aprestos. De todas maneras hacía cada vez menos calor, y la gente parecía esperar la llegada de la noche para taparse con las mantas y abolir en el sueño algunas horas más de espera. Desde su auto el ingeniero escuchaba la charla de la muchacha del Dauphine con el viajante del DKW, que le contaba cuentos y la hacía reír sin ganas. Lo sorprendió ver a la señora del Beaulieu que casi nunca abandonaba su auto, y bajó para saber si necesitaba alguna cosa, pero la señora buscaba solamente las últimas noticias y se puso a hablar con las monjas. Un hastío sin nombre pesaba sobre ellos al anochecer; se esperaba más del sueño que de las noticias siempre contradictorias o desmentidas. El amigo de Taunus llegó discretamente a buscar al ingeniero, al soldado y al hombre del 203. Taunus les anunció que el tripulante del Floride acababa de desertar; uno de los muchachos del Simca había visto el coche vacío, y después de un rato se había puesto a buscar su dueño para matar el tedio. Nadie conocía mucho al hombre gordo del Floride, que tanto había protestado el primer día aunque después acabara por quedarse tan callado como el piloto del Caravelle. Cuando a las cinco de la mañana no quedó la menor duda de que Floride, como se divertían en llamarlo los chicos del Simca, había desertado llevándose una valija de mano y abandonando otra llena de camisas y ropa interior, Taunus decidió que uno de los muchachos se haría cargo del auto abandonado para no inmovilizar la columna. A todos los había fastidiado vagamente esa deserción en la oscuridad, y se preguntaban hasta dónde habría podido llegar Floride en su fuga a través de los campos. Por lo demás parecía ser la noche de las grandes decisiones: tendido en su cucheta del 404, al ingeniero le pareció oír un quejido, pero pensó que el soldado y su mujer serían responsables de algo que, después de todo, resultaba comprensible en plena noche y en esas circunstancias. Después lo pensó mejor y levantó la lona que cubría la ventanilla trasera; a la luz de unas pocas estrellas vio a un metro y medio el eterno parabrisas del Caravelle y detrás, como pegada al vidrio y un poco ladeada, la cara convulsa del hombre. Sin hacer ruido salió por el lado izquierdo para no despertar a las monjas, y se acercó al Caravelle. Después buscó a Taunus, y el soldado corrió a prevenir al médico. Desde luego el hombre se había suicidado tomando algún veneno; las líneas a lápiz en la agenda bastaban, y la carta dirigida a una tal Yvette, alguien que lo había abandonado en Vierzon. Por suerte la costumbre de dormir en los autos estaba bien establecida (las noches eran ya tan frías que a nadie se le hubiera ocurrido quedarse fuera) y a pocos les preocupaba que otros anduvieran entre los coches y se deslizaran hacia los bordes de la autopista para aliviarse. Taunus llamó a un consejo de guerra, y el médico estuvo de acuerdo con su propuesta. Dejar el cadáver al borde de la autopista significaba someter a los que venían más atrás a una sorpresa por lo menos penosa; llevarlo más lejos, en pleno campo, podría provocar la violenta repulsa de los lugareños, que la noche anterior habían amenazado y golpeado a un muchacho de otro grupo que buscaba de comer. El campesino del Ariane y el viajante del DKW tenían lo necesario para cerrar herméticamente el portaequipajes del Caravelle. Cuando empezaban su trabajo se les agregó la muchacha del Dauphine, que se colgó temblando del brazo del ingeniero. Él le explicó en voz baja lo que acababa de ocurrir y la devolvió a su auto, ya más tranquila. Taunus y sus hombres habían metido el cuerpo en el portaequipajes, y el viajante trabajó con scotch tape y tubos de cola líquida y la luz de la linterna del soldado. Como la mujer del 203 sabía conducir, Taunus resolvió que su marido se haría cargo del Caravelle que quedaba a la derecha del 203; así, por la mañana, la niña del 203 descubrió que su papá tenía otro auto, y jugó horas a pasar de uno a otro y a instalar parte de sus juguetes en el Caravelle.

Por primera vez el frío se hacía sentir en pleno día, y nadie pensaba en quitarse las chaquetas. La muchacha del Dauphine y las monjas hicieron el inventario de los abrigos disponibles en el grupo. Había unos pocos pulóveres que aparecían por casualidad en los autos o en alguna valija, mantas, alguna gabardina o abrigo ligero. Se estableció una lista de prioridades, se distribuyeron los abrigos. Otra vez volvía a faltar el agua, y Taunus envió a tres de sus hombres, entre ellos el ingeniero, para que trataran de establecer contacto con los lugareños. Sin que pudiera saberse por qué, la resistencia exterior era total; bastaba salir del límite de la autopista para que desde cualquier sitio llovieran piedras. En plena noche alguien tiró una guadaña que golpeó sobre el techo del DKW y cayó al lado del Dauphine. El viajante se puso muy pálido y no se movió de su auto, pero el americano del De Soto (que no formaba parte del grupo de Taunus pero que todos apreciaban por su buen humor y sus risotadas) vino a la carrera y después de revolear la guadaña la devolvió campo afuera con todas sus fuerzas, maldiciendo a gritos. Sin embargo, Taunus no creía que conviniera ahondar la hostilidad; quizá fuese todavía posible hacer una salida en busca de agua.

Ya nadie llevaba la cuenta de lo que había avanzado ese día o esos días; la muchacha del Dauphine creía que entre ochenta y doscientos metros; el ingeniero era menos optimista pero se divertía en prolongar y complicar los cálculos con su vecina, interesado de a ratos en quitarle la compañía del viajante del DKW que le hacía la corte a su manera profesional. Esa misma tarde el muchacho encargado del Floride corrió a avisar a Taunus que un Ford Mercury ofrecía agua a buen precio. Taunus se negó, pero al anochecer una de las monjas le pidió al ingeniero un sorbo de agua para la anciana del ID que sufría sin quejarse, siempre tomada de la mano de su marido y atendida alternativamente por las monjas y la muchacha del Dauphine. Quedaba medio litro de agua, y las mujeres lo destinaron a la anciana y a la señora del Beaulieu. Esa misma noche Taunus pagó de su bolsillo dos litros de agua; el Ford Mercury prometió conseguir más para el día siguiente, al doble del precio.

Era difícil reunirse para discutir, porque hacía tanto frío que nadie abandonaba los autos como no fuera por un motivo imperioso. Las baterías empezaban a descargarse y no se podía hacer funcionar todo el tiempo la calefacción; Taunus decidió que los dos coches mejor equipados se reservarían llegado el caso para los enfermos. Envueltos en mantas (los muchachos del Simca habían arrancado el tapizado de su auto para fabricarse chalecos y gorros, y otros empezaban a imitarlos), cada uno trataba de abrir lo menos posible las portezuelas para conservar el calor. En algunas de esas noches heladas el ingeniero oyó llorar ahogadamente a la muchacha del Dauphine. Sin hacer ruido, abrió poco a poco la portezuela y tanteó en la sombra hasta rozar una mejilla mojada. Casi sin resistencia la chica se dejó atraer al 404; el ingeniero la ayudó a tenderse en la cucheta, la abrigó con la única manta y le echó encima su gabardina. La oscuridad era más densa en el coche ambulancia con sus ventanillas tapadas por las lonas de la tienda. En algún momento el ingeniero bajó los dos parasoles y colgó de ellos su camisa y un pulóver para aislar completamente el auto. Hacia el amanecer ella le dijo al oído que antes de empezar a llorar había creído ver a lo lejos, sobre la derecha, las luces de una ciudad.

Quizá fuera una ciudad pero las nieblas de la mañana no dejaban ver ni a veinte metros. Curiosamente ese día la co-

lumna avanzó bastante más, quizá doscientos o trescientos metros. Coincidió con nuevos anuncios de la radio (que casi nadie escuchaba, salvo Taunus que se sentía obligado a mantenerse al corriente); los locutores hablaban enfáticamente de medidas de excepción que liberarían la autopista, y se hacían referencias al agotador trabajo de las cuadrillas camineras y de las fuerzas policiales. Bruscamente, una de las monjas deliró. Mientras su compañera la contemplaba aterrada y la muchacha del Dauphine le humedecía las sienes con un resto de perfume, la monja habló de Armagedón, del noveno día, de la cadena de cinabrio. El médico vino mucho después, abriéndose paso entre la nieve que caía desde el mediodía y amurallaba poco a poco los autos. Deploró la carencia de una inyección calmante y aconsejó que llevaran a la monja a un auto con buena calefacción. Taunus la instaló en su coche, y el niño pasó al Caravelle donde también estaba su amiguita del 203; jugaban con sus autos y se divertían mucho porque eran los únicos que no pasaban hambre. Todo ese día y los siguientes nevó casi de continuo, y cuando la columna avanzaba unos metros había que despejar con medios improvisados las masas de nieve amontonadas entre los autos.

A nadie le hubiera ocurrido asombrarse por la forma en que se obtenían las provisiones y el agua. Lo único que podía hacer Taunus era administrar los fondos comunes y tratar de sacar el mejor partido posible de algunos trueques. El Ford Mercury y un Porsche venían cada noche a traficar con las vituallas: Taunus y el ingeniero se encargaban de distribuirlas de acuerdo con el estado físico de cada uno. Increíblemente la anciana del ID sobrevivía, perdida en un sopor que las mujeres se cuidaban de disipar. La señora del Beaulieu que unos días antes había sufrido de náuseas y vahídos, se había repuesto con el frío y era una de las que más ayudaban a la monja a cuidar a su compañera, siempre débil y un poco extraviada. La mujer del soldado y la del 203 se encargaban de los dos niños; el viajante del DKW, quizá para consolarse de que la ocupante del Dauphine hubiera preferido al ingeniero, pasaba horas contándole cuentos a los niños. En la noche los grupos ingresaban en otra vida sigilosa y privada; las portezuelas se abrían silenciosamente para dejar entrar o salir alguna silueta aterida; nadie miraba a los demás, los ojos estaban tan ciegos como la sombra misma. Bajo mantas sucias, con manos de uñas crecidas, oliendo a encierro y a ropa sin cambiar, algo de felicidad duraba aquí y allá. La muchacha del Dauphine no se había equivocado: a lo lejos brillaba una ciudad, y poco a poco se irían acercando. Por las tardes el chico del Simca se trepaba al techo de su coche, vigía incorregible envuelto en pedazos de tapizado y estopa verde. Cansado de explorar el horizonte inútil, miraba por milésima vez los autos que lo rodeaban; con alguna envidia descubría a Dauphine en el auto 404, una mano acariciando un cuello, el final de un beso. Por pura broma, ahora había reconquistado la amistad del 404, les gritaba que la columna iba a moverse; entonces Dauphine tenía que abandonar el 404 y entrar en su auto, pero al rato volvía a pasarse en busca de calor, y al muchacho del Simca le hubiera gustado tanto poder traer a su coche a alguna chica de otro grupo, pero no era ni para pensarlo con ese frío y esa hambre, sin contar que el grupo de más adelante estaba en franco tren de hostilidad con el de Taunus por una historia de un tubo de leche condensada, y salvo las transacciones oficiales con Ford Mercury y con Porsche no había relación posible con los otros grupos. Entonces el muchacho del Simca suspiraba descontento y volvía a hacer de vigía hasta que la nieve y el frío lo obligaban a meterse tiritando en su auto.

Pero el frío empezó a ceder, y después de un período de lluvias y vientos que enervaron los ánimos y aumentaron las dificultades de aprovisionamiento, siguieron días frescos y soleados en que ya era posible salir de los autos, visitarse, reanudar relaciones con los grupos vecinos. Los jefes habían discutido la situación, y finalmente se logró hacer la paz con el grupo de más adelante. De la brusca desaparición de Ford Mercury se habló mucho tiempo sin que nadie supiera lo que había podido ocurrirle, pero Porsche siguió viniendo y controlando el mercado negro. Nunca faltaban del todo el agua o las conservas, aunque los fondos del grupo disminuían y Taunus y el ingeniero se preguntaban qué ocurriría el día en que no hubiera más dinero para Porsche. Se habló de un golpe de mano, de hacerlo prisionero y exigirle que revelara la fuente de los suministros, pero en esos días la columna había avanzado un buen trecho y los jefes prefirieron seguir esperando y evitar el riesgo de echarlo todo a perder por una decisión violenta. Al ingeniero, que había acabado por ceder a una indiferencia casi agradable, lo sobresaltó por un momento el tímido anuncio de la muchacha del Dauphine, pero después comprendió que no se podía hacer nada para evitarlo y la idea de tener un hijo de ella acabó por parecerle tan natural como el reparto nocturno de las provisiones o los viajes furtivos hasta el borde de la autopista. Tampoco la muerte de la anciana del ID podía sorprender a nadie. Hubo que trabajar otra vez en plena noche, acompañar y consolar al marido que no se resignaba a entender. Entre dos de los grupos de vanguardia estalló una pelea y Taunus tuvo que oficiar de árbitro y resolver precariamente la diferencia. Todo sucedía en cualquier momento, sin horarios previsibles; lo más importante empezó cuando ya nadie lo esperaba, y al menos responsable le tocó darse cuenta el primero. Trepado en el techo del Simca, el alegre vigía tuvo la impresión de que el horizonte había cambiado (era el atardecer, un sol amarillento deslizaba su luz rasante y mezquina) y que algo inconcebible estaba ocurriendo a quinientos metros, a trescientos, a doscientos cincuenta. Se lo gritó al 404 y el 404 le dijo algo a Dauphine que se pasó rápidamente a su auto cuando ya Taunus, el soldado y el campesino venían corriendo y desde el techo del Simca el muchacho señalaba hacia adelante y repetía interminablemente el anuncio como si quisiera convencerse de que lo que estaba viendo era verdad; entonces oyeron la conmoción, algo como un pesado pero incontenible movimiento migratorio que despertaba de un interminable sopor y ensayaba sus fuerzas. Taunus les ordenó a gritos que volvieran a sus coches; el Beaulieu, el ID, el Fiat 600 y el De Soto arrancaron con un mismo impulso. Ahora el 2HP, el Taunus, el Simca y el Ariane empezaban a moverse, y el muchacho del Simca, orgulloso de algo que era como un triunfo, se volvía hacia el 404 y agitaba el brazo mientras el 404, el Dauphine, el 2HP de las monjas y el DKW se ponían a su vez en marcha. Pero todo estaba en saber cuánto iba a durar eso; el 404 se lo preguntó casi por rutina mientras se mantenía a la par de Dauphine y le sonreía para darle ánimo. Detrás, el Volkswagen, el Caravelle, el 203 y el Floride arrancaban a su vez lentamente, un trecho en primera velocidad, después la segunda, interminablemente la segunda pero ya sin desembragar como tantas veces, con el pie firme en el acelerador, esperando poder pasar a tercera. Estirando el brazo izquierdo el 404 buscó la mano de Dauphine, rozó apenas la punta de sus dedos, vio en su cara una sonrisa de incrédula esperanza y pensó que iban a llegar a París y que se bañarían, que irían juntos a cualquier lado, a su casa o a la de ella a bañarse, a comer, a bañarse interminablemente y a comer y beber, y que después habría muebles, habría un dormitorio con muebles y un cuarto de baño con espuma de jabón para afeitarse de verdad, y retretes, comida y retretes y sábanas. París era un retrete y dos sábanas y el agua caliente por el pecho y las piernas, y una tijera de uñas, y vino blanco, beberían vino blanco antes de besarse y sentirse oler a lavanda y a colonia, antes de conocerse de verdad a plena luz, entre sábanas limpias, y volver a bañarse por juego, amarse y bañarse y beber y entrar en la peluquería, entrar en el baño, acariciar las sábanas y acariciarse entre las sábanas y amarse entre la espuma y la lavanda y los cepillos antes de empezar a pensar en lo que iban a hacer, en el hijo y los problemas y el futuro, y todo eso siempre que no se detuvieran, que la columna continuara aunque todavía no se pudiese subir a la tercera velocidad, seguir así en segunda, pero seguir. Con los paragolpes rozando el Simca, el 404 se echó atrás en el asiento, sintió aumentar la velocidad, sintió que podía acelerar sin peligro de irse contra el Simca, y que el Simca aceleraba sin peligro de chocar contra el Beaulieu, y que detrás venía el Caravelle y que todos aceleraban más y más, y que ya se podía pasar a tercera sin que el motor penara, y la palabra calzó increíblemente en la tercera y la marcha se hizo suave y se aceleró todavía más, y el 404 miró enternecido y deslumbrado a su izquierda buscando los ojos de Dauphine. Era natural que con tanta aceleración las filas ya no se mantuvieran paralelas, Dauphine se había adelantado casi un metro y el 404 le veía la nuca y apenas el perfil, justamente cuando ella se volvía para mirarlo y hacía un gesto de sorpresa al ver que el 404 se retrasaba todavía más. Tranquilizándola con una sonrisa el 404 aceleró bruscamente, pero casi enseguida tuvo que frenar porque estaba a punto de rozar el Simca; le tocó secamente la bocina y el muchacho del Simca lo miró por el retrovisor y le hizo un gesto de impotencia, mostrándole con la mano izquierda el Beaulieu pegado a su auto. El Dauphine iba tres metros más adelante, a la altura del Simca, y la niña del 203, al nivel del 404, agitaba los brazos y le mostraba su muñeca. Una mancha roja a la derecha desconcertó al 404; en vez del 2HP de las monjas o del Volkswagen del soldado vio un Chevrolet desconocido, y casi enseguida el Chevrolet se adelantó seguido por un Lancia y por un Renault 8. A su izquierda se le apareaba un ID que empezaba a sacarle ventaja metro a metro, pero antes de que fuera sustituido por un 403, el 404 alcanzó a distinguir todavía en la delantera el 203 que ocultaba ya a Dauphine. El grupo se dislocaba, ya no existía, Taunus debía de estar a más de veinte metros adelante, seguido de Dauphine; al mismo tiempo la tercera fila de la izquierda se atrasaba porque en vez del DKW del viajante, el 404 alcanzaba a ver la parte trasera de un viejo furgón negro, quizá un Citroën o un Peugeot. Los autos corrían en tercera, adelantándose o perdiendo terreno según el ritmo de su fila, y a los lados de la autopista se veían huir los árboles, algunas casas entre las masas de niebla y el anochecer. Después fueron las luces rojas que todos encendían siguiendo el ejemplo de los que iban adelante, la noche que se cerraba bruscamente. De cuando en cuando sonaban bocinas, las agujas de los velocímetros subían cada vez más, algunas filas corrían a setenta kilómetros, otras a sesenta y cinco, algunas a sesenta. El 404 había esperado todavía que el avance y el retroceso de las filas le permitiera alcanzar otra vez a Dauphine, pero cada minuto lo iba convenciendo de que era inútil, que el grupo se había disuelto irrevocablemente, que ya no volverían a repetirse los encuentros rutinarios, los mínimos rituales, los consejos de guerra en el auto de Taunus, las caricias de Dauphine en la paz de la madrugada, las risas de los niños jugando con sus autos, la imagen de la monja pasando las cuentas del rosario. Cuando se encendieron las luces de los frenos del Simca, el 404 redujo la marcha con un absurdo sentimiento de esperanza, y apenas puesto el freno de mano saltó del auto y corrió hacia delante. Fuera del Simca y el Beaulieu (más atrás estaría el Caravelle, pero poco le importaba) no reconoció ningún auto; a través de cristales diferentes lo miraban con sorpresa y quizá escándalo otros rostros que no había visto nunca. Sonaban las bocinas, y el 404 tuvo que volver a su auto; el chico del Simca le hizo un gesto amistoso, como si comprendiera, y señaló alentadoramente en dirección de París. La columna volvía a ponerse en marcha, lentamente durante unos minutos y luego como si la autopista estuviera definitivamente libre. A la izquierda del 404 corría un Taunus, y por un segundo al 404 le pareció que el grupo se recomponía, que todo entraba en el orden, que se podría seguir adelante sin destruir nada. Pero era un Taunus verde, y en el volante había una mujer con anteojos ahumados que miraba fijamente hacia delante. No se podía hacer otra cosa que abandonarse a la marcha, adaptarse mecánicamente a la velocidad de los autos que lo rodeaban, no pensar. En el Volkswagen del soldado debía de estar su chaqueta de cuero. Taunus tenía la novela que él había leído en los primeros días. Un frasco de lavanda casi vacío en el 2HP de las monjas. Y él tenía ahí, tocándolo a veces con la mano derecha, el osito de felpa que Dauphine le había regalado como mascota. Absurdamente se aferró a la idea de que a las nueve y media se distribuirían los alimentos, habría que visitar a los enfermos, examinar la situación con Taunus y el campesino del Ariane; después sería la noche, sería Dauphine subiendo sigilosamente a su auto, las estrellas o las nubes, la vida. Sí, tenía que ser así, no era posible que eso hubiera terminado para siempre. Tal vez el soldado consiguiera una ración de agua, que había escaseado en las últimas horas; de todos modos se podía contar con Porsche, siempre que se le pagara el precio que pedía. Y en la antena de la radio flotaba locamente la bandera con la cruz roja, y se corría a ochenta kilómetros por hora hacia las luces que crecían poco a poco, sin que ya se supiera bien por qué tanto apuro, por qué esa carrera en la noche entre autos desconocidos donde nadie sabía nada de los otros, donde todo el mundo miraba fijamente hacia delante, exclusivamente hacia adelante.

Petite symphonie desconcertante

Julio Paredes

Nació en Bogotá en 1957. Estudió Filosofía y Letras en la Universidad de los Andes y Literatura Medieval en Madrid, España. Su obra narrativa comprende dos títulos hasta el momento: *Salón Júpiter* y *Guía para Extraviados*. El relato "Petite symphonie desconcertante" pertenece al volumen *Salón Júpiter (y otros cuentos)*, publicado por Tercer Mundo Editores en 1994.

Sólo pensaba llevar una vida
retirada y taciturna, contrapuesta
a mis anteriores inclinaciones y a
las de la mayoría de los afligidos,
que buscan viajar para distraerse.

Henri de Campion, *Memoires*

El revisor le comunicó a Cárdenas que no quedaban más de treinta minutos para llegar a la estación de Rotterdam. El retraso de cinco horas en Bruselas lo obligaba a pasar la noche en el puerto. La mujer que viajaba a su lado hizo un comentario en francés y Cárdenas alcanzó a entender que se refería a las inesperadas tormentas de verano. Acompañó las palabras de la mujer con un leve movimiento de cabeza y enseguida volvió a la lectura. Siguió con los ojos las líneas del último párrafo, pero no consiguió entender las frases. Sin levantar la mirada del libro, para eludir cualquier posibilidad de conversación con su pareja de camarote, imaginó a Irene en la estación central de Amsterdam. Con seguridad a esa hora ya se habría enterado del retraso, pero hubiera querido avisarle que no llegaría esa noche. Había aceptado la invitación a pasar unos días en su casa antes de su viaje de regreso a Bogotá. Sin embargo, no tenía del todo clara la utilidad de ese encuentro. Hacía más de ocho años que no se veían y durante ese tiempo ninguno de los dos había hecho el suficiente esfuerzo por mantener el contacto, como si hubieran descubierto que no había sobrevivido ningún misterio atrayente que los mantuviera unidos.

La sensación de extrañeza con la que había iniciado esa especie de viaje intermedio se agudizó y de nuevo se sintió ajeno a todo, cada vez más extranjero a medida que avanzaba el tren hacia el desconocido puerto. Parecía como si la distancia fuera proporcional a su incomodidad. Trató de imaginar lo que sentiría uno de tantos exilados que, después de perderlo todo, necesita atravesar un continente. Tal vez la única indicación de que aún permanecía en el mundo de los vivos fuera el constante sobresalto en el estómago.

No tardaron en aparecer por la ventana las primeras luces de la ciudad y en pocos minutos el tren redujo considerablemente la velocidad. Cuando se detuvieron la mujer hizo otro rápido comentario y se levantó del asiento con un suspiro. Cárdenas esperó un rato antes de bajar y lo único que le parecía suficiente en ese momento era abrazar a Margarita. Pero aún lo separaban muchas horas de su aliento y el regreso a Bogotá no le parecía del todo real.

No se sorprendió cuando los oficiales de inmigración lo separaron de la fila. Un tipo vestido de civil, con un pedazo de cigarro incrustado en la comisura de los labios, le ordenó que recogiera el equipaje al tiempo que señalaba con un rápido desplazamiento del brazo la puerta de un pequeño cuarto. Cárdenas conocía la rutina y obedeció con calma. Una vez adentro el tipo apuntó, con un índice que a Cárdenas le pareció superdesarrollado, una larga mesa vacía. Como si se tratara de un encuentro entre sordomudos, Cárdenas colocó el par de maletines sobre la mesa y empezó a abrir las cremalleras. En el mismo instante entraron dos tipos más a la salita, de idéntica corpulencia a la del primero, y después de intercambiar breves comentarios esperaron a que Cárdenas terminara de vaciar el contenido de lo que formaba su equipaje.

Con parsimonia excesiva uno de los oficiales inspeccionó las costuras de los maletines. Parecía auscultando el vientre de un animal que hubiera devorado parte de un tesoro. Lo hacía con tanta seguridad y fácil destreza que Cárdenas se inquietó con la posibilidad de que el hombre descubriera un compartimiento secreto que hasta él mismo ignorara que existiera. Cuando el detective se convenció de que no encontraría nada aunque destrozara todo el equipaje, inició de inmediato un repaso de las prendas esparcidas sobre la mesa. En algún momento olió con fuerza un saco de algodón y el gesto le recordó a Cárdenas a uno de esos sabuesos de las películas, exaltados con el aroma de algún fugitivo. El del cigarro pareció reaccionar ante la inusitada actitud de su compañero y como despertándose le pidió a Cárdenas el pasaporte. Sabía que era ilegal sacar fotocopias del documento, pero era inútil negarse. Casi recordó de memoria la especie de advertencia impresa en la primera página y que aludía a la solicitud que el gobierno de su país hacía a todo tipo de autoridad para que brindaran al titular del papel las facilidades pertinentes para realizar un tránsito normal por el territorio al que llegaba. Tenía la seguridad de que esas mismas autoridades consideraban la petición como una ingenuidad inaceptable.

El tipo regresó después de unos minutos y, cuando le entregó el pasaporte, le indicó con otra señal que vaciara los bolsillos. Cárdenas se convenció de que el episodio tendría que alargarse, pues de otra manera, pensó, no se justificaría su entrada al país. Cada tipo se concentró en un papel, con tanta dedicación en la pesquisa que Cárdenas empezó a creer que su llegada había sido el acontecimiento más importante, o por lo menos el más animado, de sus últimos días. Lo volvió a acosar la idea, que una noche en Madrid le había caído encima con una claridad casi espantosa, de la increíble cantidad de tiempo que había malgastado. Aunque se tratara de una reflexión sobre la que le parecía inútil detenerse, se espantó con la simple insinuación de hacer el recuento de sus últimos veinte años, estaba próximo a cumplir cuarenta y dudaba que pudiera verificar con seguridad si los sueños de su particular juventud mantenían el mismo vigor o habían caído en la nada como, por ejemplo, el recuerdo de una tarde cualquiera diez años antes. "Mierda", murmuró, molesto por la repentina acometida de esas sacudidas nostálgicas, inoportunas como las advertencias de la muerte. Por fortuna, pensó, Margarita aplacaría la aprensión que lo había acompañado durante todo ese viaje.

Uno de los tipos le preguntó si conocía alguna persona que viviera en Rotterdam. Cárdenas negó y añadió que estaba ahí sólo por accidente. Los tres lo miraron a un mismo tiempo y con curiosidad como impulsados por un órgano oculto. Quiso terminar la frase agregando que nunca en su vida se le había pasado por la cabeza detenerse en ese lugar, pero consideró que sonaría inconveniente dadas las circunstancias. Sonrió, sin poder evitarlo, cuando uno de los oficiales le devolvió el reloj de bolsillo después de haber hecho un examen con tanta determinación que pareció con ganas de desbaratarlo.

Hubo un largo silencio y Cárdenas imaginó que la siguiente orden sería la de desvestirse. Nunca antes se había visto obligado a esa clase de humillante *strip tease* e imaginó que sin duda los corpulentos rubios soltarían más de una carcajada, sin poder reprimir la burla, cuando se encontraran ante la cantidad de costillas marcadas y los pies un tanto desmesurados para su altura. Sin embargo, la cosa no pasó de un cacheo más o menos violento. Cuando le comunicaron que podía irse le pareció ridículo haber repetido una escena que hacía mucho tiempo había perdido todo sentido y estuvo a punto de agradecer las atenciones. Acomodó con tranquilidad la ropa, pero por poco pierde la calma mientras intentaba cerrar el maletín grande. La cremallera no se movía de un punto donde había quedado atascada. Los gigantes se mantuvieron impávidos, despreocupados ante los infructuosos esfuerzos de Cárdenas, que había empezado a sudar rápidamente. Quiso mandar a la mierda a los adormecidos testigos de su embrollo, pero no era improbable que entre los tres gorilas alguno conociera algo de español.

Cuando por fin salió decidió sentarse en una banca y fumar con calma un cigarrillo. Había pasado casi una hora desde la llegada del tren. Quiso seguir las modulaciones del diálogo que sostenía una pareja a su espalda. Imaginó que si por alguna caprichosa circunstancia del destino se viera obligado a quedarse para siempre en ese lugar y tuviera que aprender esa sintaxis y ese vocabulario, sin duda su espíritu se vería seriamente afectado. Se preguntó si con el tiempo Irene habría encontrado la manera de franquear esa especie de barrera lingüística. Apagó el cigarrillo contra el piso y de nuevo dudó si valdría la pena asistir al encuentro con Irene. En realidad, no deseaba retrasar más el viaje a Bogotá y, así, enlazar lo más pronto posible los miembros de Margarita, esa reciente forma de armadura cardinal donde se podía proteger del temor de desaparecer. Temor que en la última semana lo sometía con una persistencia meticulosa y pesada, como el pasajero que en mitad de la travesía sospecha la inminente caída del avión.

Buscó un taxi y le explicó al chofer que buscaba un sitio más o menos barato para pasar la noche. El taxista pareció comprender y sin mucha delicadeza colocó el equipaje en el baúl. El hombre conducía como si odiara el oficio o como si fuera víctima de la oscura emoción de estrellarse y afortunadamente, pensó Cárdenas, no pasaron más de diez minutos antes de que el tipo frenara ante el aviso de neón de un hostal. Pagó y no dejó de sorprenderse cuando el desaforado conductor arrancó, dejando un par de marcas sobre el asfalto. Sin embargo, el aire de la noche era agradable y fresco y Cárdenas se convenció de que lo más saludable era olvidar lo más pronto posible el molesto recibimiento.

La pensión, con el sonoro nombre de *Dunderlandsal*, tenía una hermosa puerta de madera. Después de insistir unos segundos en el timbre lo recibió un individuo amable y sonriente quien, luego de hacerlo pasar y tomar los datos pertinentes, confesó, con bastante emoción, que había estado en Bogotá por la década de los años cuarenta. Para sorpresa y entretenimiento de Cárdenas el hombre vocalizaba algunas palabras en español como "amigo", "buenas tardes" y algo un poco más elaborado como "qué bello día hace" o "dónde queda el baño". Después de pagar lo de la noche y escuchar con una sonrisa una breve anécdota sobre la belleza de las colombianas, Cárdenas siguió al hombre que lo condujo por unas escaleras en forma de caracol que llevaban hacia una especie de bajo. El tipo le enseñó un cuarto con ventana hacia la calle y parecía orgulloso de indicarle las características del lugar, como la ducha amplia y limpia, la lámpara sobre la cabecera de la cama ideal para la lectura. Sin embargo, pensó Cárdenas no sin cierto desconcierto, era una lástima que la excesiva amabilidad del hombre, los ojos perdidos detrás de un par de gafas de un tamaño que para cualquier otro resultaría insoportable, se viera literalmente opacada por el arrollador aroma que despedían sus axilas y que le hizo recordar el sofocante vaho que dejaban los fijadores artísticos en aerosol que utilizaba Margarita para sus dibujos en tinta.

Decidió echarse unos minutos en la cama. La calidez y disposición del anfitrión habían servido para reducir la inquietud de esas primeras horas. Después se duchó para salir y caminar un rato por entre las calles del famoso puerto.

Mientras terminaba de vestirse observó con detenimiento la única reproducción que adornaba las paredes del cuarto. Se trataba de una escena campesina y mostraba probablemente a la familia de algún conocido archiduque que salía a recorrer los campos y reconocer, una vez más, la maravillosa extensión de sus propiedades o la fidelidad de sus siervos. El paisaje había sido tratado con una minuciosidad excesiva que hacía pensar en una alucinación. Sin embargo, los rostros de los personajes centrales eran melancólicos y Cárdenas alcanzó a imaginar que estaban ahí por la desagradable o inexplicable fatalidad de tener que acatar una tarea incómoda como la de acariciar la cabeza piojosa del interminable número de niños que los rodeaban o de escuchar el dramático relato del destino de algún tullido. La mirada de uno de los nobles se dirigía con precisión al espectador y a Cárdenas le hizo pensar en la de un afligido consumido por alguna secreta y desdichada pasión, por algún tipo de fracaso que el poder le había impuesto y para el que no existía tratamiento eficaz. De repente el estruendo de un tranvía, que casi rozó la ventana, lo sacó de la esmerada elaboración.

El dueño del hotel le dibujó sobre una hoja un pequeño mapa que le indicaba un fácil recorrido para llegar hasta la plaza central y donde, según sus palabras, estaba la "vida de Rotterdam". En la puerta, el viejo tomó con fuerza el brazo de Cárdenas y, adoptando un tono teatral, le aseguró que esa era una ciudad peligrosa. Cárdenas agradeció la advertencia sin poder evitar el recuerdo de esos actores secundarios de las películas de terror, que siempre previenen al incauto protagonista sobre los peligros que se le avecinan si no desiste de su empeño en continuar el viaje hacia las regiones tenebrosas.

Según el pequeño mapa la plaza se encontraba hacia el costado derecho de la puerta principal de la estación central de buses, a la que llegó después de caminar un par de cuadras. Aunque las calles por las que se metió estaban casi vacías, en la plaza había bastante movimiento. Cárdenas caminó sin prisa, observando con interés la particular arquitectura de las edificaciones que formaban el cuadrado. Se fumó el último cigarrillo que llevaba, sentado sobre la base del monumento ecuestre que se levantaba en el centro de la plaza, y se entretuvo con un grupo callejero de rock. Los tipos desentonaban un poco pero parecían divertirse y la potente y clara voz del cantante le recordó a Van Morrison. Después de un rato sintió hambre y buscó una mesa en la terraza de un restaurante italiano.

Mientras esperaba que le sirvieran pasó una rápida mirada por las mesas más cercanas. En casi todos los lugares la gente se mantenía callada, intercambiando de vez en cuando cortos comentarios con sus respectivos acompañantes. A su izquierda una pareja mayor permanecía inmóvil. La mujer, de unos setenta años, bebía con cierta parsimonia de una larga copa. El hombre que la acompañaba, con un par de arrugas sobre la frente como dos profundas cicatrices, mantenía la mirada, inalterable, hacia el centro de la

plaza, al tiempo que sujetaba, en una posición igual de férrea, un vaso de cerveza con la mano derecha. Cárdenas recordó la común sentencia que aseguraba que la mayoría de los nórdicos guardaba un espíritu famélico y lento, impasible ante los súbitos estallidos del afecto. Volvió a observar al viejo y se asustó al pensar que con la edad él también se convertiría en esa especie de estatua fría y hastiada, con la conciencia, tal vez, de que había elegido mal, que se había equivocado con la mujer a la que había seducido, con los amigos, la ciudad, las creencias más íntimas, y que, al mismo tiempo, ese tipo de iluminación le llegaba demasiado tarde.

Se inquietó con la dirección que tomaban sus pensamientos esa noche. Supuso que se trataba de una deformación científica, resultado de buscar la realidad desde los lentes implacables de un microscopio. Comió con calma, concentrado en cada bocado. Intuyó que si en ese mismo momento alguien se detuviera a observarlo podría imaginarlo alarmado con el hecho de ser un extranjero en una ciudad extraña, adjudicándole la desprotección propia de todos los que se encuentran alejados de su hogar. Tuvo una confusa relación de los días que había pasado en Madrid. La gran mayoría de las conferencias, incluyendo la suya, le parecieron ahora de un optimismo ingenuo y deficiente. Desde hacía algún tiempo sabía que no era necesario llevar a cabo un empeño intelectual demasiado profundo para llegar a la convicción de que el hombre no tenía suficiente vocación para planear un futuro confiable y que, por el contrario, el pretendido avance espiritual era cada vez más dudoso. Se preguntó si Irene habría resuelto esa forma de convalecencia, a quien recordaba siempre altiva, muchas veces sujeta a una sensibilidad en la que se podían reconocer los entusiasmos propios de una heroína del siglo pasado, siempre enamorada de lo que no era, repitiendo, como un conjuro, "el amor es lo que nos conduce y nos sostiene", como si con la frase mantuviera alejada la incertidumbre de vivir en una ciudad como Bogotá, un lugar que no le ofrecía otra cosa que una permanente trampa. Tuvo un breve sobresalto al pensar en el reencuentro. Bebió lo que quedaba de cerveza y pagó.

Supuso que empezaba a caminar por la parte vieja de la ciudad. Se entretuvo con algunas vitrinas y trató de pensar en un regalo para Margarita. Las construcciones eran altas y angostas y pensó que parecían concebidas por un arquitecto obsesionado con las florituras del pastillaje. Después de un rato, descubrió que seguía un prolongado zig–zag. Sospechó que en algún momento se encontraría de nuevo en la plaza, como había escuchado que les sucedía a los extraviados en el desierto que al pisar con mayor fuerza sobre uno de los pies quedaban sometidos a seguir un círculo que los devolvía al punto inicial. Juzgó que esa era la circunstancia adecuada para que se despertara la fobia que en más de una oportunidad lo había asaltado y que le hacia pensar que nunca más saldría de los recovecos que formaban las calles de una ciudad desconocida, dejándolo con los nervios retorcidos para siempre. Ignoraba la denominación psicológica o científica de ese descontrol espacial y que Margarita aliviaba con paciencia y con una naturalidad tan solícita que conseguía que Cárdenas dominara el inminente ataque y se convenciera de que con sólo caminar un par de calles recuperarían la dirección perdida. Miró el reloj y mientras calculaba la hora que sería en Colombia un desmesurado golpe le hizo perder el equilibrio. Enseguida una avalancha lo lanzó contra la pared al tiempo que un intenso tufo le caía sobre la cara, recargado de una mezcla improbable de adivinar. Casi en el mismo segundo la punta de una navaja le pinchaba el cuello.

No distinguió los rasgos del otro que de inmediato empezó a buscar con afán entre sus bolsillos mientras mascullaba términos ininteligibles como si estuviera revolviendo el contenido de un cajón donde se le hubiera refundido un documento precioso. Entre el aturdimiento Cárdenas recordó que llevaba un poco más de cincuenta dólares. Cuando por fin el tipo tuvo los billetes en la mano se separó con cautela del cuerpo de Cárdenas. De repente cayó en una pasajera ausencia y soltó la navaja. Durante la pausa Cárdenas no comprendió lo que sucedía, pero respondiendo a un ignorado impulso lanzó un fuerte manotazo sobre el oído izquierdo del otro. El hombre se tambaleó y no hizo nada por defenderse. Cárdenas tiró otro golpe, esta vez buscando la altura de la nariz, y se abalanzó sobre el cuerpo del tipo, estrellándolo contra el tronco del árbol que había servido de sombra a la repentina y silenciosa pelea. Cárdenas escuchó una especie de chasquido, como una rama seca en el fuego, al tiempo que el otro soltaba un débil quejido y se escurría contra el árbol doblando las piernas.

Cárdenas se mantuvo un rato al lado del cuerpo y aún perplejo no supo si la violencia del golpe habría sido excesiva. Estuvo atento a cualquier movimiento pero la calle estaba totalmente desierta, semejante a un ambiente cerrado, como si en ese instante hubiera quedado aislado de cualquier presencia. Observó el bulto que formaba el cuerpo en la oscuridad y no supo por qué la escena le recordó la actitud casi ceremoniosa que adoptaban los felinos una vez acababan de volcarse sobre su presa. Sabía que tenía que alejarse lo más pronto posible del lugar, pero los golpes que aturdían sus oídos mantuvieron sus miembros congelados. Con la punta del pie tocó uno de los muslos del tipo y se sintió desamparado. Era imposible que el hombre estuviera muerto, pensó, y las sacudidas del corazón continuaron con una persistencia rabiosa, como si dentro de su pecho se llevara a cabo la desaforada reacción química de elementos incompatibles. Procuró controlar el temblor pero los estremecimientos parecían llegarle de un abismo remoto, con seguridad del mismo centro donde nacían todos los pánicos ingobernables, imaginó Cárdenas, secándose los hilillos de sudor que le resbalaban por la palma de las manos.

Cuando pudo reaccionar se acercó al tipo y arrancó algunos billetes de la mano cerrada. Cruzó al otro lado de la calle y aceleró el paso. No sabía si la dirección que tomaba, y en la que de nuevo repetía la zeta anterior, lo alejaba o no de la ubicación del hostal, el único lugar que en ese momento le parecía seguro. Llevaba la espalda totalmente húmeda y sintió como si sobre la mandíbula inferior una prensa de acero estuviera fundiéndose con la carne de sus mejillas. Le costó tomar el aire suficiente para llenar los pulmones, aterrado con la idea de que respirar se transformara en adelante y para siempre en un hecho brutal. Consiguió acostumbrarse a la penumbra que se le había colgado a los ojos y después de doblar una esquina divisó por fin las luces de lo que parecía un sector de bares y restaurantes.

Caminó despacio, concentrado en los golpes de sus pasos sobre el pavimento, aliviado por las luces al final de la calle. Cuando llegó a la mitad de la cuadra la melodía de un piano lo hizo detenerse como si de repente hubiera caído un muro al frente suyo. Levantó la mirada hacia la ventana de donde creía que salían los acordes. Imaginó la delicada música como una ola providencial que lo depositaba de nuevo en la orilla de los vivos. Intentó calmar el impulso de la sangre y con los ojos cerrados y la cabeza un poco ladeada se concentró en los confortables tonos del instrumento.

La pieza le recordó algo de Mozart o Schubert, pero figuró al intérprete como un individuo refinado, consciente de reproducir con su destreza una música precisa y seductora, que podía irrumpir como una sorpresa pero que estaba al mismo tiempo sometida a la sincronización. Una música que podía abarcar el espíritu dichoso de un artista, pensó Cárdenas con un poco de envidia. Pero y si se trataba de un niño agitado por la precocidad, se dijo abriendo los ojos, esclavizado desde sus primeros años por un artificio que apenas podía comprender o vislumbrar, deformado por el padecimiento de una disciplina inhumana, sometido a un rigor pernicioso.

La melodía continuó imperturbable, refractaria al posible y reciente asesinato de Cárdenas.

Volvió a sentir que se le cerraban los pulmones y que una fuerza surgida de la oscuridad de la calle lo ceñía entre los omóplatos hasta suspenderlo en el aire. Inició de nuevo la carrera y se detuvo sólo hasta llegar a la esquina. Caminó hacia un semáforo, cruzó lo que parecía una avenida y se dirigió a un bar llamado *Andalucía*.

El sitio estaba casi vacío. Ninguno de los dos hombres que conversaban con el barman se interesó en su llegada. Eran españoles. Se acomodó en la barra y pidió, en inglés, una cerveza. A su derecha un tercer hombre introducía monedas en una máquina que semejaba el tablero de una ruleta y que de vez en cuando reproducía los acordes de "La cucaracha". Un pequeño zaguán conducía hacia el sector del restaurante, de donde llegaban voces de mujeres. Bebió un par de largos sorbos de la copa y la frescura del líquido dilató su garganta. Se sorprendió con el hecho de que durante el tiempo del atraco y su huida no hubiera emitido siquiera un quejido. Por un segundo dudó de lo que había sucedido y esa reacción le recordó la hora que había estado encerrado con los tres policías mientras lo obligaban a la lastimosa justificación de su inocencia. Los golpes de una sirena lo sobresaltaron y durante un rato fijó la mirada en la puerta de entrada con el convencimiento de que en el umbral estaba la amenaza de la súbita irrupción de un policía en busca de un asesino. Bebió otro trago de cerveza y se levantó para ir al baño.

En el espejo descubrió una pequeña marca en el cuello y algunas gotas de sangre sobre la camisa. En caso de una detención podría alegar que había sufrido una pequeña hemorragia nasal. Utilizó bastante jabón para lavarse las manos y las frotó con fuerza bajo el chorro de agua. Se refrescó la cara y se enjuagó la boca. Estiró los brazos hacia adelante y comprobó que el temblor en las manos era todavía perceptible. Sacudió las piernas con vigor y movió el cuello en círculos. Orinó con un poco de dificultad y se echó el cabello para atrás.

Regresó al sitio de la barra y ordenó otra cerveza. Quiso pedir un paquete de cigarrillos, pero tuvo temor de que le temblara la voz. Observó las fotos que adornaban el lugar. Había paisajes con colinas sembradas de olivos, imágenes de alguna Fiesta del Rocío y afiches de famosas corridas. Miró hacia donde estaba la pareja que hablaba con el barman. Uno de los tipos contaba una anécdota o un chiste y acompañaba las frases, cortas y en una misma entonación, con rápidos sorbos de un trago blanco servido en un vaso alto y con abundante hielo. Cárdenas no había escuchado el principio pero se dejó llevar por la historia.

—Pues esta familia —continuó el hombre— utilizaba el recurso de "que yo te he visto", "que si no eres hijo o hermano de tal", "que tu rostro me parece conocido", y así, con el tiempo, inventaban más fórmulas para agradar a los clientes; hacerlos sentir en casa, con el propósito de que no pensaran que los precios eran altos o que la mercancía no era de buena calidad. El hecho es que el dueño, su esposa y sus hijos lo repetían todo el tiempo, fuese quien fuese la persona que entrara a la tienda.

Se detuvo y encendió un cigarrillo. Su compañero de barra parecía concentrado en el líquido que casi llenaba el vaso que tenía en frente y que removía con una especie de pitillo. El que hablaba lanzó dos fuertes bocanadas de humo y se aclaró la garganta antes de seguir.

—La historia es que un día entra a la tienda un forajido, un asaltante de bancos o algo por el estilo. El tipo quería comprar un par de cosas, algo de comer y nada más. Pero entonces se le acerca el dueño y le dice "estoy seguro de haber visto ese rostro en algún lugar". Por un rato el forajido no dice nada, observa al dueño que le sonríe como un santo, pero se sobresalta cuando la esposa, acostumbrada también a su oficio de amabilidad, repite el comentario de su marido casi con la misma frase. Enseguida el hombre decide que lo han reconocido y, sin haber abierto la boca, asesina al tendero y su esposa.

Ninguno de los que escuchaban pareció reaccionar y apenas sonrieron. El barman movió la cabeza, incrédulo, tal vez dudaba de la veracidad de la historia, y continuó concentrado en su tarea de brillar las copas de cristal. El otro siguió encorvado sobre la barra, sin levantar los ojos de la bebida que no parecía decidido a probar. El que contó la historia murmuró algo y acabó de un trago lo que quedaba en su vaso. Hubo un silencio, apenas interrumpido por la máquina y el ruido de las monedas. De repente el barman empezó a reír, con breves carcajadas que terminaron por contagiar a los otros dos. Cárdenas no pudo reprimir una sonrisa y trató de imaginar la cara de asombro y espanto del ingenioso dueño del negocio. Poco a poco las risas se hicieron más esporádicas como si el recuerdo de la anécdota empezara a diluirse en la cabeza de todos. Cárdenas comprendió que debía actuar y llegar lo antes posible al hostal.

Preguntó al barman, otra vez en inglés, si le podría indicar cómo llegar hasta la estación de buses. Se despidió con amabilidad y dejó una propina que alcanzó a entrever como excesiva.

Se hallaba a muy pocas calles de la estación y no le costó trabajo ubicar la dirección del hostal. Sintió alivio cuando encontró que la cuadra estaba despejada. Sin embargo, le costó trabajo abrir la puerta, con la pequeña llave que le dejó el dueño del lugar antes de salir, y llegó a pensar que el temblor en las manos se le había fijado como un contagio. Supuso, cuando entró, que la luz que salía de un cuarto al final del corredor pertenecía a la habitación del propietario. Midió con cautela la presión con la que pisaba los escalones mientras bajaba hacia su cuarto. Abrió la puerta con un impulso rápido para evitar el ruido y en la oscuridad se tendió en la cama. Se desabrochó la camisa y el pantalón y quiso mantenerse inmóvil, anhelante por encontrar un método que lo condujera fácil y sin conciencia hacia el sueño. Volvió a parecerle ridícula la idea de que en su defensa asesinara a un hombre, pero lo que le parecía incomprensible era el hecho de que nada se hubiera transformado, que la presencia de la muerte no generara un estremecimiento general, manifestándose con toda su terrible extensión. Con seguridad, cuando Margarita escuchara la historia concluiría que no tenía nada de singular o fantástico y enmendaría cualquier principio de terror.

Se esforzó por recordar la última imagen de Irene. Impetuosa, enérgica, orgullosa de sus frases lapidarias. El amor es lo que nos conduce y nos sostiene, repitió en voz baja.

Se abrazó a la almohada y mordió la espuma hasta dolerle los dientes. No sospechaba la magnitud que podía adquirir el miedo. Observó la oscuridad por entre la ventana. Sintió sobre la mejilla la humedad dejada por la saliva en la funda de la almohada y supo que debía quedarse despierto, atento al desarrollo de la noche, consciente de que la llegada de la claridad sería la prueba de su salvación, el anuncio de que había sobrevivido.

Créditos
Acknowledgements
